섀델 크로이츠 2부—필라소퍼 3

초판 1쇄 찍은 날 2008년 10월 15일
초판 1쇄 펴낸 날 2008년 10월 20일

지은이 | 이경영
펴낸이 | 서경석

편집장 | 문혜영
책임편집 | 최하나
편집 | 정서진, 유경화

펴낸곳 | 도서출판 청어람
등록번호 | 제1081-1-89호
등록일자 | 1999. 5. 31
어람번호 | 제1-0997호

주소 | 경기도 부천시 원미구 심곡동 163-2 서경B/D 3F (우) 420-010
전화 | 032-656-4452   팩스 | 032-656-4453
http://www.chungeoram.com
E-mail | eoram99@chollian.net

ISBN 978-89-251-1512-2 04810
ISBN 978-89-251-1477-4 (SET)

3

이경영 소설

SCHÄDEL KREUZ

샤델 크로이츠

[2부] *Philosopher*
필라소퍼

청어람

SCHÄDEL KREUZ

Philosopher
필라소퍼

CONTENTS

Chapter 8 윈드 헨지의 아침

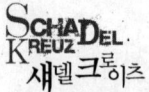
SCHADEL
KREUZ
섀멜 크뢰히츠

신성력 212년 2월 초순.

브리스톤은 바란투로스보다 북쪽에 있지만 나라를 감싼 난류 덕분에 겨울은 2월 중순부터 물러간다. 반면 내륙 지방인 바란투로스는 3월 말이 되어야 겨울이 끝난다. 피부가 건조해서 겨울이면 얼굴이 잘 트는 프란츠에겐 부러운 이야기였다.

쓰러진 고목나무 위에 앉아 시계를 바라보던 그녀는 무광 검정의 특수 직물로 제작된 군용 장갑을 벗고 볼을 만져 봤다. 오늘은 피부가 괜찮았다. 짙게 깔린 안개가 전해준 수분이 그녀의 얼굴을 촉촉하게 보호해 주고 있었다.

그녀의 군화 끝에 하얀 뼈가 걸렸다. 머리를 잃은 역전체의 시체가 그녀 앞에, 아니, 주변 가득히 쓰러져 있었다.

"우리 어디 숨어 있어야 되는 거 아냐?"

프란츠는 투덜거리는 투로 질문한 키르히를 날카롭게 돌아봤다. 보라색에 가까운 눈동자의 주시를 받은 키르히는 바짝 얼은 얼굴로 다시 앞을 봤다.

프란츠와 키르히의 관계는 특이하다면 특이하다고 할수 있었다. 세상 그 누가 와도 두려워하지 않는 성격의 키르히가 이상하게도 어렸을 때부터 프란츠 앞에서는 맥을 못 췄다. 그들을 아는 이들 중 키르히를 싫어하는 사람들은 간혹 흑표범 앞에 내몰린 강아지라고 놀리곤 한다.

그렇다 해도 키르히는 파렌 다음으로 프란츠를 신뢰하고 있었다. 프란츠 자신은 의식하지 못하지만 그녀의 강력한 리더십은 군부 내에서 평가가 좋다. 개인 전투력은 두말할 나위가 없고 추진력, 결단력, 판단력 모두 파렌과 근접한 점수를 얻고 있다. 다만 작전 수립 능력은 파렌보다 평이 떨어지는데, 비교 대상이 파렌이라는 사실 자체가 반칙에 가깝기 때문에 그녀를 무능하다고 몰아세우는 군인은 아무도 없다.

그녀가 샤튼으로 전출되기 전까지 어린 크로이츠 대원들은 프란츠를 신뢰했고, 그것은 지금도 마찬가지였다. 부대의 성격상 일치 단결이 힘든 샤튼의 대원들도 그녀가 현장 지휘관을 맡으면서 조직력이 좋아졌다. 모두 그녀가 가진 독특한 매력과 장악 능력, 부하 관리 능력이 빚어낸 결과였다.

작년에 그녀가 기밀문서 무단 유출로 징계를 당해 계급장을 떼던 날, 샤튼의 사무실은 격한 울음바다로 변했다. 살인기계에 가깝게 철저히 훈련받은 여군들이 감수성 풍부한 소녀들처럼 우는 모습은 누군가의 하녀가 된다는 사실에 기뻐하던 프란츠를 잠시나마 난처하게 만들었다.

프란츠는 다시 장갑을 끼고 전방을 봤다.

그녀가 넌지시 말했다.

"이번 작전이 끝나면 바란투로스로 돌아가겠지?"

키르히의 눈이 휘둥그레졌다.

"웬일로 인간적인 질문을 하실까?"

"인간이니까."

"아, 그래? 미안해. 깜박 잊었네."

"……."

"농담이야. 농담이라니까?"

얌전히 말을 얼버무린 키르히는 조심스레 프란츠를 봤

다. 각종 폭탄과 암기, 칼, 군복과 같은 무광 검정의 리제늄 보호구로 중무장을 했지만 오늘은 왠지 달라 보였다. 마치 덩그러니 세워진 눈사람이 생기 없는 눈으로 세상 저편을 바라보는 것처럼 쓸쓸했다.

"파렌한테 혼났어?"

"하녀는 혼날 짓을 안 해."

"그러시겠지."

빈정거린 키르히는 양손을 바위에 대고 편하게 앉았다.

"이번에 돌아가면 샤튼으로 복귀하는 게 어때?"

"정말 죽고 싶나?"

평소보다 강한 살기가 키르히의 신경을 쿡쿡 찔렀다.

"목숨 걸고 말하는데, 사실 능력이 아깝잖아. 누나가 누구네 저택에서 청소랑 빨래, 요리로 썩을 사람은 아니라고 봐. 전직 특수부대 출신 하녀가 존재한다는 것부터 너무 웃기잖아?"

키르히는 자신의 목숨이 위태롭거나 진지한 얘기를 할 때면 프란츠를 누나라고 부른다. 그로 인해 얻는 효과는 괜찮은 편이었다. 적어도 누나라고 했을 때 죽을 정도로 얻어터진 경우는 없었다.

"샤튼이 싫으면 크로이츠로 오는 게 어때? 난 리벨이나 테르나의 손에 크로이츠가 맡겨지는 꼴은 더 이상 보기가 싫어."

"테르나도 훌륭한 지휘관이야. 적어도 리벨처럼 실전에서 덜떨어진 짓을 하진 않지. 객관적으로 봐도 서른 살이 안 된 지휘관들 중에서는 최고 수준이야."

"그건 인정하지만 파렌이나 누나 정도는 아니잖아?"

불쾌한 표정을 띤 프란츠는 어깨에 댄 보호구의 고정용 끈을 다시 조였다. 보호구들은 그녀의 과격한 동작에 지장을 주지 않도록 몸의 일부만을 가리고 있었다.

"넌 어두컴컴한 사람들이 좋은가 본데, 크로이츠 대원이 너 하나는 아니야. 안정감 때문에 리벨과 테르나를 지지하는 애들이 더 많을 수도 있어. 자기 취향에 맞지 않는다고 해서 대놓고 배척하는 것은 군인답지 않은 자세야."

"쳇."

못마땅한 표정을 지은 키르히는 바위 위에 아예 드러누웠다.

"근데 돌아갈 걱정은 왜 했어? 죽을까 봐?"

"돌아가서 무슨 일을 할지 걱정돼서 그래. 이번 일의 배후에는 분명 신성교단이 존재할 거야. 하지만 심증일 뿐, 우리는 여태껏 신성교단을 만난 일이 없고 그들이 연관되었다는 증거를 잡지도 못했어. 돌아가면 그와 관련된 일을 또 하게 되겠지."

"하면 되잖아?"

"……."

김 빼는 상대의 말에 혈압이 오른 프란츠는 그녀의 주인이 자주 그러듯 손으로 자신의 얼굴을 덮었다. 엄청난 살기에 움찔한 키르히는 서둘러 진화에 나섰다.

"말씀하시면 들을게요."

"지금 당장 얼굴 가죽을 뜨고 싶지만…… 나중에 계산하도록 하지."

프란츠가 냉랭한 얼굴로 일어났다. 그러자 키르히도 정색을 하고 몸을 일으켰다.

"작전 위치로. 파편지뢰 격발 직후 내가 첫 공격을 한다."

"분부대로."

둘은 좌우로 떨어져 안개 속으로 숨었다.

그들이 이야기를 나누고 있던 장소는 역전체들의 주둔지라 할 수 있는 윈드 헨지의 인근이었다. 유적을 중심으로 완만하게 파인 그곳 지형은 다른 곳에 비해 바람이 강할뿐더러 날씨도 습도와 기온이 낮아 지금처럼 보기가 불편할 정도의 안개가 일어나는 것은 있을 수가 없는 일이었다.

그러나 안개는 새벽부터 짙게 깔렸다. 보이는 것은 윈드 헨지 위에 구축된 공간왜곡의 문이 발산하는 파란색

빛뿐이었다.

잠시 후, 기마병 한 명에 30여 명의 보병으로 이루어진 역전체 수색대가 안개를 뚫고 프란츠들이 있던 장소로 조심스레 다가왔다. 그들은 키가 큰 수풀 위로 널브러진 동족의 시신을 보고 눈살을, 정확히는 눈구멍을 찡그렸다.

역전체의 가장 큰 특징은 딱딱한 두개골이 이리저리 움직여 표정을 만든다는 점이다. 익살스럽기도 하고 괴기스럽기도 한 그들의 얼굴에는 지금 살기가 농후하게 끼어 있었다.

지휘관으로 보이는 기마병이 창을 들었다.

"실력이 좋은 녀석들의 짓이군. 오로지 죽인 흔적만 남겼어. 12명의 명예로운 알라하르 교단 수색대가 이렇게 당하다니, 도대체 몇 놈이 저지른 짓이지?"

곁에 있던 병사가 그를 봤다.

"우선 시체를 수습해야 하지 않겠습니까, 대장님?"

"그래야겠지. 전원 방패를 들고 밀집 대형을 유지해라. 안개 속에 적들이 숨어 있을지도 모른다."

"명령대로 하겠습니다."

선임자로 보이는 역전체 보병이 등에 매고 있던 방패를 들었다.

"전원, 침묵을 유지한 채 대형을 갖춰라."

역전체 병사들이 선임병사의 말에 따라 조용히 방패를 들고 대형을 바꿨다. 수풀 속에서 빠르게 움직이는 병사들의 모습이 기계적이었다.

"전진."

대장의 조용한 지시에 따라 병사들이 앞으로 이동했다. 수풀 사이를 훑듯이 살피면서도 대열을 유지하는 병사들의 움직임은 매우 훌륭했다.

그들이 약 오십 발자국 정도를 이동할 무렵이었다.

긴장감과 경계심이 느슨해지던 찰나, 가장 앞서 이동하던 병사의 발목에 뭔가가 걸렸다. 병사가 발을 들자마자 뭔가 뚝 하고 끊어지는 소리가 났다. 소리는 살기로 바뀌어 역전체들을 전율케 했다.

그들이 피할 의지를 품기도 전에 수풀 속에 교묘히 감춰져 있던 파편 지뢰가 터졌다. 압축식 화약과 함께 지뢰 속에 들어 있던 수백 개의 쇠구슬이 부채꼴로 퍼지며 병사들을 덮쳤다.

병사들의 방패를 관통한 쇠구슬은 갑옷을 찢고 병사들의 뼈를 부쉈다. 지뢰에 가장 가까이 있던 병사는 아예 형체조차 찾아볼 수 없었고, 가장 뒤에 있던 병사들은 팔다리를 잃거나 뼈 일부가 부서지는 큰 부상을 입었다.

20여 명의 병사가 말 그대로 순식간에 사라졌다. 안개

속으로 부하들의 뼛가루가 퍼지는 광경을 넋 놓고 바라
보던 기마병은 황급히 주변을 살폈다.

"폭탄? 적들은 어디냐!"

그의 머리가 좌에서 우로 돌아가는 순간, 그의 좌측을
무광 검정의 짐승이 덮쳤다.

질주하여 땅을 박차고 뛰어오른 프란츠는 손으로 해골
병사의 머리를 짚고 기마병을 향해 다시 뛰어올랐다. 그
녀가 뻗은 군화의 뒤축이 기마병의 턱에 꽂혔다. 턱뼈가
부서지면서 뼛가루와 치아가 바깥쪽으로 후두둑 튀어나
갔다.

인간이었다면 의식을 잃거나 즉사했을 상황이었지만
기마병의 정신은 멀쩡했다. 크게 휘청거렸을 뿐, 기마병
은 고개를 돌려 자신을 공격한 존재를 봤다.

"우우!"

턱뼈가 부서진 탓인지 기마병은 소리만 지를 뿐, 말을
제대로 하지 못했다. 사실 뼈밖에 없는 존재가 소리를 지
른다는 것 자체가 말도 안 되는 일이었다.

그의 외침은 적의 공격에 대한 대응 지시가 아니었다.
인간적인 비명이었다. 그의 투구에는 프란츠가 말의 머
리를 밟고 뒤로 빠지면서 던진 폭파단검이 박혀 있었다.

순식간에 단검이 터지며 기마병의 상반신이 날아갔다.
폭음에 놀란 해골말은 미쳐 날뛰었다.

기마병을 호위하던 병사들이 일제히 검과 방패를 세웠다. 하지만 그들의 상관을 습격한 암살자는 이미 안개 속으로 자취를 감춘 상태였다.

"어이!"

갑작스런 부름에 병사들이 고개를 돌렸다. 양손에 도펠 슈트롬을 든 키르히가 적당한 속도로 뛰어오는 모습이 그들의 뻥 뚫린 눈에 들어왔다. 상대의 눈빛에서 위험함을 느낀 병사들은 방패로 그가 오는 쪽을 가렸다.

찰나의 순간, 뛰어오는 속도와 체중을 실은 키르히의 앞차기가 한 병사의 방패에 꽂혔다. 충격에 밀린 병사는 뒤로 고꾸라졌고, 그로 인해 대열이 이상하게 뒤틀렸다.

밀려난 병사의 자리에 대신 서게 된 키르히는 입술을 동그랗게 모으며 한 발자국 뒤로 물러났다.

"실례."

그는 두 개의 검으로 가장 가까운 한 명을 후려쳤다. 방패와 함께 세 조각이 난 병사가 기운을 잃고 땅에 흩어졌다. 역전체들은 죽음에 해당하는 부상을 입으면 뼈끼리의 결속력이 풀리면서 흩어지게 된다.

대응을 위해 칼을 휘두르며 달려든 병사에게 키르히의 왼쪽 칼날이 밀려들어 왔다. 쉽게 반쯤 녹이 슨 병사의 검이 부러졌고 방패도 크게 꺾였다. 그 바람에 중심마저 잃은 병사는 그대로 땅에 넘어졌다. 경이적인 팔 힘이었다. 넘어진 병사가 마지막으로 본 것은 자신의 두개골을 격파하기 위해 내리꽂히는 키르히의 군화 바닥이었다.

병사의 머리를 으깬 키르히는 보지 않고 왼쪽 칼날의 안전장치를 푼 뒤 방아쇠를 당겼다. 칼날 위에 달린 총구에서 불꽃과 함께 산탄들이 뿜어졌다. 때마침 총구 쪽을 향해 달려오던 병사들이 산탄에 맞아 가루가 됐다.

멀쩡히 일어난 병사는 단둘뿐이었다. 그들에게 돌격한 키르히는 두 개의 칼을 상대의 가슴에 각각 박아 넣고 칼자루를 뒤틀었다. 낡은 가죽갑옷과 가슴뼈를 관통하여 척추에 박힌 칼날은 드릴처럼 뼈를 분쇄했다.

"처리 완료."

자랑하듯 말하는 키르히의 뒤로 그가 처음에 발로 차서 넘어뜨린 역전체 병사가 수풀 속에서 일어났다. 키르히는 아차 하는 얼굴로 그를 돌아봤다.

그때 안개 속에서 저승사자처럼 다시 나온 프란츠가 병사의 머리를 걷어찼다. 목에서 분리된 병사의 두개골이 공처럼 저 멀리 날아갔다.

프란츠는 한숨만 쉴 뿐, 키르히를 특별히 질타하지는 않았다. 혼을 낼 시간도 없거니와 키르히가 방금 사망한 병사에게 멍청히 당했을 리가 없다는 사실을 알기 때문이었다.

19

"다음 지역으로 이동한다. 움직여."

"흐."

멋쩍은 얼굴이 된 키르히는 뒷머리를 긁적이며 프란츠의 뒤를 따라갔다.

그것이 윈드 헨지 전투의 개막이었다.

❧

키르히가 개인 훈련과 정리 정돈을 게을리 하지 않는 사실은 꽤 유명하다. 그런데도 불구하고 그에 대해 즐겁게 논하거나 깊이 파헤쳐 보려는 사람은 없다. 이유는, 그 사실을 인정하기 싫어서이다.

그가 그토록 자기 관리를 철저히 하는 이유는 과거에 파렌과 나눴던 대화 때문이다. 자신에게 왜 중요한 일을 자꾸 맡기냐는 키르히의 질문에, 파렌은 그만한 가치가 있는 사람이기 때문이라고 답했다.

그 가치라는 것이 뭔지도 모른 채 기쁘게만 여겼던 키르히는 얼마 뒤 의문을 가지게 됐다. 자신의 가치가 떨어지면 어떻게 되는지에 대한 것이었다. 또다시 이어진 질문에 대해 파렌은 깔끔히 대답을 회피했고, 그날부터 키르히는 자기 관리를 하기 시작됐다.

'왜 그때가 떠오르는 거지?'

이마를 잡은 채 생각하던 키르히는 문득 아래를 봤다. 상반신만 남은 역전체 병사가 이를 악문 채 자신을 향해 기어오고 있는 모습이 보였다. 속도와 기세가 대단했지만 키르히의 의식을 헤집어놓을 정도는 아니었다.

키르히의 군화 끝이 병사의 콧등에 냉정히 박혔다. 비골(鼻骨)부터 깊숙이 함몰된 병사는 수영을 하듯 팔을 마구 휘젓다가 힘을 잃고 조각조각 널브러졌다.

그것이 두 번째 전략 거점의 최후였다.

프란츠가 군복에 묻은 뼛가루를 털며 키르히에게 다가왔다.

"넋 놓지 마."

"미안."

그의 힘 빠진 목소리를 들은 프란츠는 미간을 찡그렸다.

"부상이라도 당했나?"

"아냐. 그냥 옛일이 떠올랐을 뿐이야."

프란츠는 회중시계를 꺼내 시간을 확인하며 물었다.

"지금 상황에 떠오를 일이 있었나?"

"갑자기 떠오르더라고. 아, 그래. 말이 나온 김에 좀 물어볼게."

"짧게 해."

프란츠가 시간을 투자하기로 결정한 것은 대단히 이례

적인 일이었다. 군사 작전에 있어서 시간이란 그 무엇과도 바꿀 수 없는 요소다. 요인 암살과 첩보 활동 같은 정밀한 작전을 통해 시간의 가치를 배운 그녀가 잡담을 내뱉을 게 뻔히 보이는 키르히에게 시간을 준 이유는 순전히 이번 작전에서 그가 차지하는 비중 때문이었다.

노스페라투를 입은 키르히의 전투 능력은 니콜라와의 전투를 통해 완벽히 입증되었다. 이미 그는 한 명의 크로이츠 멤버가 아닌 전술무기에 가까운 존재였다. 만약 키르히가 어이없이 죽어버린다면 파렌이 그의 몫으로 쌓아놓은 전력의 추가 사라지면서 힘의 균형이 무너질 수가 있었다.

하지만 파렌은 키르히에게 그런 사실을 단 한 마디도 하지 않았다. 생각이 많아지면 실력 발휘를 못하는 그의 특징을 잘 알기 때문이었다. 파렌의 머리카락이 흔들리는 방향만 봐도 그의 생각을 알아차리는 프란츠가 그것을 모를 리가 없었다.

키르히가 물었다.

"누군가에게 부탁이란 걸 받아본 일이 있어?"

"나 말인가?"

"응."

프란츠의 입에서 한숨이 터졌다.

"이 질문 자체가 답변해 달라는 부탁인 것 같은데?"

"아, 음⋯⋯."

할 말을 잃은 키르히는 뒷머리를 긁적였다. 프란츠는 손에 들고 있던 회중시계의 뚜껑을 닫고 허리띠에 단단히 고정시켰다.

"상대방이 자신에게 없는 것을 가졌다고 판단할 경우 취하는 행동이 바로 부탁이지. 누군가가 너에게 부탁을 했다면 세상에서 오직 너밖에는 할 수 없는 일이라고 생각했기 때문일 거야."

그 말에 키르히의 기분이 확 들떴다. 그 들뜬 기분이 입으로 나오기 직전에 프란츠의 말이 이어졌다.

"아니면 너무 다급한 나머지 머리가 어떻게 됐던가."

"⋯⋯좋은 뜻이야?"

"설마."

그녀의 눈빛이 다시 식었다.

"그보다 이제부터가 문제야. 분위기가 이상해."

"뭐가?"

프란츠와 키르히는 파렌이 지시한 세 개의 전략 거점 중 두 개를 무사히 처리한 상태였다. 그들이 처리한 역전체 병사의 숫자만 해도 벌써 50이 넘었다. 수백 대 수백으로 붙는 소규모 전투에서 수십이라는 숫자는 큰 의미를 차지한다.

하지만 프란츠의 육감은 성공에 대한 확신을 강하게

부정하고 있었다.

"적의 저항이 너무 약해. 숫자상으로 보자면 어제 내가 정찰했을 때와 비슷하지만 느껴지는 전력이 달라. 이건 만약의 사태에 대비한 전략 거점이라고 말할 수가 없어."

개인 전투에 관한 지식만 머릿속에 담고 있는 키르히로서는 이해하기 힘든 말이었다.

"그럼 어쩌지? 돌아갈까?"

"좋은 생각이군."

프란츠가 뒷주머니에서 지도를 꺼내 키르히에게 내밀었다.

"이 지도에 그려진 대로만 이동하면 전방에 깔린 적들에게 들키지 않고 무사히 귀환할 수 있을 거야. 넌 복귀해."

"뭐? 그럼 누나는?"

"부대 규모와 성격, 배치 상황이 완전히 바뀌었다면 정찰에 있어서 초보자인 너를 더 이상 붙이고 다닐 수가 없어. 시간별, 상황별 행동 수칙은 파렌과 미리 정해놨으니 넌 돌아가기만 하면 돼."

"혼자 어떻게 해보겠다는 거야? 싸우겠다고?"

"싸우긴 왜 싸워? 정찰을 다시 하겠다는 것뿐이야. 멋모르고 밀어붙였다가 아군이 당하면 어쩌라고?"

"그래도 만약 들키면 누나 혼자서……."

"토 달지 마."

그 한마디로 상대의 말문을 막은 프란츠는 손에 든 지도를 까딱까딱 움직여 보였다. 재촉이었다.

"정찰을 해도 내가 너보다 100배는 더 했어. 그리고 지금의 넌 나보다 더 큰 가치가 있어."

"뭐?"

"나에게 부탁에 대해 물었지? 그럼 내가 할 말을 이해하겠군. 무슨 일이 벌어져도 너만은 살아서 돌아가야 해. 그게 내가 파렌에게 받은 부탁이야."

"이봐, 나도……!"

키르히의 목소리가 거기서 끊겼다. 테르나에게 부탁받았다는 말을 함부로 말할 수 없었기 때문이다. 애석하게도 그는 프란츠가 테르나의 불임 사실에 대해 이미 알고 있음을 전혀 모르고 있었다.

"너도 뭐?"

"……아냐."

그는 고개를 저어버렸다. 그의 속을 모르는 프란츠는 가볍게 탄식했다.

"시간 축내지 마."

프란츠는 키르히의 코트 주머니에 지도를 꽂아준 뒤 안개 속으로 사라졌다.

말없이 서 있던 키르히는 지도에 손을 댔다. 워낙 대충

꽂혀서인지 손도 대기 전에 지도가 떨어졌다. 꼼꼼히 접힌 탓에 지도는 종이로 된 물건임에도 불구하고 바닥에 툭 떨어졌다.

그는 떨어진 지도를 가만히 보다가 실소를 터뜨렸다.

"어이, 누가 좀 대답해 줄래? 이거 주우면 난 뭐가 되는 거지?"

혼잣말을 한 키르히는 얼굴을 가린 채 미친 듯이 웃기만 할 뿐, 움직이지 않았다.

안개와 수풀을 가르며 달리는 프란츠의 표정은 기계처럼 차가웠다.

한 치 앞도 분간하기 힘든 안개 속을 전력으로 질주하는 사람의 것이 아니었다. 그녀가 원래 그런 표정이기도 했지만 길을 잃지 않을지, 혹시 적과 마주치지 않을지 하는 초보적인 걱정 따윈 존재하지 않았다.

윈드 헨지 근방의 모든 지형은 정교함을 우선으로 그녀의 머릿속에 입체적으로 조각되어 있었다. 사람 한 명이 은신할 만한 바위부터 길이가 이상하게 긴 수풀, 참호로 사용되기에 딱 좋은 흙까지 생생히 살아 있었다. 그녀는 자신이 니콜라와 마주친 이후에도 겁없이 구축한 그 정보를 완벽히 신뢰했다.

수풀을 짓이기던 그녀의 발소리가 뚝 끊겼다. 불가능

에 가까운 몸놀림으로 속도와 소음을 한 번에 잡은 그녀는 수풀 속에 자세를 낮춘 채 전방을 바라봤다.

안개 속에서 역전체의 무리가 움직이는 모습이 그녀의 연보라색 눈동자에 들어왔다.

'보병 마흔하나에…… 기마병 하나? 그 이상인가?'

그녀는 그들에게 좀 더 가까이 접근해 봤다.

황금색 갑옷의 기병을 검은 갑옷의 보병 다섯이 둘러쌌고, 그 주위를 서른 명의 중장보병들이 또 둘러쌌다. 정찰이라기보다는 뭔가를 기다리는 느낌이어서 가뜩이나 날카로워진 프란츠의 신경이 더욱 곤두섰다.

'가만, 저 기마병은…… 그저께만 해도 윈드 헨지 중앙에서 최고지휘관 노릇을 하던 녀석이잖아? 설마 파렌의 작전이 탄로난 건가? 아니면 저들이 새로 들어온 상위 부대에게 밀려난 건가?'

그녀가 있던 수풀 위로 하얀 물체가 휙 튀어 올랐다. 어느새 자세를 바꿔 앉은 그녀의 손엔 피가 묻은 스칼펠이 거꾸로 들려 있었다.

그녀의 옆으로 머리를 잃은 사내가 목구멍으로 피를 뿜으며 쓰러졌다.

'살아 있는 인간?'

프란츠는 그 남자가 입은 검은 옷과 얼굴을 감춘 복면, 그리고 무장을 보고 그의 정체를 알아냈다.

'어쌔신? 쉬드람의 암살자들이 왜?'

주변 수풀에 숨어 있던 쉬드람 암살자들이 하나둘 모습을 드러냈다. 프란츠는 싸울 태세를 갖췄으나 암살자들의 목표는 그녀의 목숨이 아니었다.

암살자들이 일제히 피리를 불어댔다. 프란츠는 즉시 그 자리를 뜨려고 했지만 황금색의 커다란 물체가 그녀의 머리를 지나 바로 앞에 떨어졌다.

지축을 흔들고 공기를 밀어낸 그 물체는 병사들과 함께 있던 그 황금갑옷의 기병이었다. 역전체 전투마(戰鬪馬)의 놀라운 능력을 다시금 실감한 프란츠는 왼손을 폭탄이 든 가방에 넣은 채 주변을 바삐 살폈다.

황금갑옷의 기병이 껄껄 웃었다.

"너를 기다렸다, 웨스트리치의 암살자여."

은색의 검광이 기병의 이마에서 번쩍 빛났다. 그가 뽑은 검에 튕겨 날아간 폭파단검이 허공에서 터졌다. 기회를 노렸던 프란츠는 아랫입술을 깨물었다. 짙은 안개를 뚫고 날아간 폭파단검을 받아친 이상 보통 실력자는 아니었다.

프란츠가 바짝 긴장하는 가운데 기병이 다시 웃었다.

"네가 이곳에 있다는 것은 다른 두 개의 초소가 모두 당했다는 말이겠지? 이거 참 기묘한 안개로군. 겨울에 낀 것도 모자라 소리의 전달까지 방해하다니 말이야. 아무

튼 그 능력에 경의를 표한다. 그리고 그 남자의 예견에도
경의를 표하도록 하지."

"예견이라고?"

"자세한 이야기는 우리에게 붙잡히면 알게 될 거다. 명
예로운 어쌔신 문파의 전사들이여, 알라하르 신의 이름
을 걸고 저 여자를 잡아라!"

"인샬라!"

쉬드람의 암살자들이 왼손에 숨기고 있던 그물을 프란
츠에게 던졌다. 두 개는 어찌어찌 피했지만 나머지 셋은
미처 피하지 못한 프란츠는 자신을 향해 몸을 날리는 암
살자들의 모습을 단념한 눈으로 지켜봤다.

그때, 검은 옷의 인간들 사이에 붉은색이 얼핏 섞였다.
늑골이 내려앉는 소리가 터지면서 암살자 중 한 명이 저
편으로 날아갔다. 프란츠는 발로 암살자를 차서 날려 버
린 붉은 코트의 남자가 자신의 앞에 내려오는 모습을 끝
까지 지켜봤다.

당황한 암살자들을 두 개의 송곳니가 휘감았다. 무기
를 뽑기도 전에, 혹은 뽑은 무기와 함께 조각난 암살자들
이 프란츠의 주변을 피로 적시며 무너졌다.

살아 있는 자들을 물어 죽인 짐승이 역전체 기병에게
달려들었다. 그에게 앞다리를 베인 말이 비명을 지르며
몸을 들었다. 안장에 앉아서 상황을 지켜보던 기병은 몸

을 쳐드는 말의 등과 목, 머리를 계단 오르듯 차례로 밟아 오르며 중심을 유지하고 여유를 부렸다.

"어디서 짐승이 하나 나타났구나. 하하하하!"

말의 머리에서 가볍게 뛰어내린 기병은 검을 뽑아 들고 붉은 코트의 훼방꾼을 살폈다. 그사이 뛰어온 역전체 병사들이 프란츠와 키르히를 둘러쌌다.

이미 스칼펠과 단검으로 그물을 자르고 나온 프란츠는 도펠 슈트룸을 휘둘러 피를 빼는 키르히에게 불쾌감 섞인 눈초리를 던졌다.

"말 진짜 안 듣는군."

키르히가 씩 웃었다.

"내가 전부를 맡지. 누나가 나머지를 맡아."

의기양양한 키르히의 머리카락을 뭔가가 툭 건들며 날아갔다. 움찔하여 뒤를 본 키르히는 자신의 등을 노리고 달려들던 역전체 병사가 도중에 쓰러지는 모습을 목격했다. 뼈끼리의 결속이 풀려 흩어지는 병사의 두개골엔 검은색의 화살이 박혀 있었다.

암살용 석궁으로 그를 구한 프란츠는 웃지도 않는다는 표정을 지었다.

"내 앞에서 짖어대고 싶으면 똑바로 해, 강아지."

"네."

그녀의 경고 한마디에 정신을 가다듬은 키르히는 역전

체 병사들을 무서운 눈으로 노려봤다. 석궁을 등의 거치대에 고정한 프란츠는 칼집에 담긴 스칼펠의 칼자루에 오른손을 댄 채 주변을 둘러봤다.

역전체의 신체 능력이 인간 이상이라는 사실은 그녀도 알고 있었다. 객관적인 힘과 속도로만 따졌을 때 이들을 정면으로 격파할 수 있는 사람은 노스페라투를 입은 키르히뿐이었다.

하지만 그녀는 어느 정도 자신이 있었다.

그녀는 지금까지 역전체와 싸우면서 그들에 대한 몇 가지 사실을 알아냈다.

역전체가 사용하는 장비의 상태는 무기로 간신히 쓸 수 있는 수준이었다. 금속은 대부분이 녹슬었고, 가죽으로 된 장비는 허름했다. 그런데 계급에 따라 장비의 손상 정도가 달랐다. 일반 병사는 무덤에서 막 일어난 것처럼 형편없었지만 지휘관 급으로 올라갈수록 장비는 본래의 상태에 가까웠다.

능력의 차이도 컸다. 일반 병사로 보이는 역전체와 지휘관 급의 역전체는 수준이 달랐다. 지금 나타난 사령관 급 역전체는 몸을 쳐들고 쓰러지는 말의 몸을 계단 타듯 두 발로 걸어 올라갔을 정도로 놀라운 신체 능력과 균형감을 보여주었다.

'살았을 때의 계급에 따라 힘이 배분됐다는 건가? 만약 그렇다면 누가 저들에게 힘을 준 거지?

잠깐 고민해 본 프란츠는 멀리 떨어져 있는 황금갑옷의 역전체를 봤다. 검은 갑옷의 부하들과 함께 싸울 자세도 잡지 않은 채 이쪽을 지켜보는 그의 모습이 프란츠의 속을 거북하게 만들었다. 더구나 금색은 프란츠가 가장 싫어하는 색이기도 했다.

그녀의 시선을 느낀 듯 그녀를 응시한 역전체의 눈구멍이 묘한 곡선을 그렸다. 여자 관계에 능숙한 남자가 눈웃음을 짓는 듯한 모습이었다.

그가 물었다.

"나에게 반했나?"

"눈에 띄긴 하는군."

물론 갑옷에 관한 말이었다.

"후후, 미안하게도 난 웨스트리치의 여자에게는 관심이 없다. 게다가 네 명의 아름다운 아내들이 고향에서 날 기다리고 있지."

"어이가 없군. 자신이 100여 년 전 사람이라는 것을 잊었나?"

조소가 섞인 그녀의 질문에 황금갑옷은 나직이 웃었다.

"그래, 시간의 흐름에 따라 내 부인들은 죽었을 것이고 내 자식들 역시 죽었을 것이다. 지금 그 공간에는 이름 모를 내 후손들이 살고 있겠지. 하지만 그게 무슨 상관인가? 내 시간과 내 공간이 아닌데 말이야."

입에서 나오는 말은 허무맹랑했지만 말을 꺼내는 당사자의 분위기는 진지했다.

"이루어질 리가 없는 꿈을 꾸는군."

"걱정하지 마라. 그 정도는 구별할 줄 아니까."

황금갑옷의 눈구멍 깊은 곳에서 푸른 불빛이 아른거렸다. 프란츠는 속을 알 수 없는 그의 말과 그 속에서 전해지는 느낌이 마음에 들지 않았지만, 그것도 잠깐일 뿐이었다.

'뭔가를 노리고 날 기다린 거라면 오히려 고맙게 됐군.'

그녀가 허리에 찬 작은 가방 안엔 일반 화약 대신 마법의 가루로 만들어진 신호탄이 들어 있었다. 만약 신호탄이 정해진 시간 내에 터지지 않으면 파렌은 원래 진행하려던 작전을 취소하고 다른 방향으로 일을 모색할 것이다.

파렌의 작전이 간파당한 것인지, 아니면 프란츠 자신이 모르는 어떤 힘에 의해 이동 경로가 파악된 것인지는 아직 알 수 없지만, 어느 쪽이 됐든 작전을 보류해야 하는 것은 확실해졌다. 그로써 프란츠의 임무는 종료였다. 이 자리에서 죽어도 상관없고 살아서 탈출하면 더 좋은, 지극히 개인적인 상황이 된 것이다.

그러나 그것은 그녀를 목표로 삼은 미지의 힘을 우습

계본 처사였다. 그것을 모르는 프란츠는 키르히를 살려서 보낼 것만 궁리했다.

그녀가 자세를 낮추며 말했다.

"넌 여기를 맡아."

역전체들을 무더기로 쓰러뜨릴 기대감에 웃고 있던 키르히는 그 말을 듣고 깜짝 놀랐다.

"뭐?"

"거슬리는 놈이 있군."

프란츠는 그 말만 남기고 황금갑옷의 역전체를 향해 뛰어갔다. 그녀의 의도를 읽은 역전체 병사들이 무기와 방패로 그녀의 진로를 막았다.

순간 긴 창을 들이밀던 병사가 움찔했다. 창끝의 바로 뒤쪽을 발로 밟아 내린 프란츠는 그대로 창대를 밟고 뛰어 병사의 안면을 무릎으로 쳐올렸다. 정제된 리제늄으로 만들어진 무릎보호구는 그녀의 체중과 운동에너지로 인해 철퇴나 다름없었다.

병사의 투구가 하늘로 튀어 오르고 턱뼈가 머리 안쪽으로 파고들며 부서졌다. 쓰러지는 병사를 뛰어넘어 착지한 프란츠는 바로 앞에 있는 병사에게 지체없이 달려들었다.

검과 방패를 든 병사는 자신있게 검을 휘둘렀다. 하나 프란츠는 병사의 손목을 왼손으로 막아 붙잡은 뒤 병사의 오른쪽 겨드랑이 밑으로 파고들며 몸을 비틀었다. 보통 사람이었으면 어깨뼈가 탈구되는 상황이었지만 역전체 병사의 경우는 더 끔찍했다. 팔이 아예 빠져 버린 것이다.

그 상황에 놀라 꼼짝도 못하는 병사를 향해 프란츠가 들고 있던 물건을 휘둘렀다. 병사의 빠진 팔이었다. 병사의 녹슨 검이 주인의 목뼈를 절반 정도 파고들자 병사의 움직임은 거기서 멎었다.

순식간에 두 명을 처리하고 길을 확보한 프란츠는 다시 황금갑옷을 향해 달려갔다. 그의 주변에 있던 검은 갑옷의 중장보병 다섯이 그에 맞서 달려들었다.

검은 갑옷의 병사들은 쉬드람 방식의 중장갑옷을 입고 있었다. 웨스트리치의 갑옷과 달리 여러 개의 작은 철판을 사슬로 짠 옷 위에 촘촘히 달아놓은 방식이어서 움직일 때마다 소리가 요란했다.

"이봐!"

키르히는 그녀를 부른 즉시 도펠 슈트롬을 휘둘렀다. 그를 둘러싸고 있던 병사들이 프란츠가 떠나기를 기다렸다는 듯 공격을 개시한 것이다.

맞서 달려오는 병사들의 모습이 프란츠의 눈에, 키르히와 역전체들의 싸움 소리가 귀에 각각 들어왔다.

'실수를 하고 있군.'

누구에 대한 말일까. 아무튼 그 생각을 끝으로 그녀는 잡념을 버리고 오른손에 군용 단검을 들었다.

검은 갑옷의 병사들은 마구잡이로 달려들지 않았다. 프란츠가 일정거리 안에 들어오자 좌우로 흩어지면서 자리를 잡았다. 훈련에 따른 움직임이었다. 그것은 프란츠가 바라는 바이기도 했다.

질풍같이 달리던 프란츠가 돌연 가운데 위치한 병사 앞에서 멈췄다. 그녀가 자신들을 한 명씩 상대하려 한다고 느낀 병사는 그에 맞서기 위해 무기를 들었다.

"후우."

프란츠는 숨을 뱉었다. 폐에 남은 공기를 전부 빼는 듯한 기세였다.

상대는 숨을 들이마신 다음 공격해 올 것이다. 검은 갑옷의 병사는 그렇게 판단했다.

순간 그 병사의 몸 전체가 흔들렸다. 그의 정수리를 단검으로 찍은 프란츠는 그제야 숨을 들이마셨다. 싸움에 대해 나름대로 도가 튼 자들에게만 쓰는 그녀의 속임수였다.

죽은 병사를 군화로 밀어내는 프란츠에게 가장 가까운 곳에 있는 병사가 달려들었다. 방향을 바꾸고 병사와 마주 선 프란츠는 아직 뼛가루가 붙어 있는 단검을 거꾸로 들었다. 그에 대응해 병사는 방패를 머리 부근까지 끌어 올린 뒤 몸에 바짝 붙였다. 빠르게 대응하기 위해서였다.

마주친 병사와 프란츠의 시선은 절대 떨어지지 않았다. 다만, 그녀의 청각은 달랐다. 수풀을 밟으며 달려오는 상대의 발소리를 틀림없이 느끼고 있었다.

방패를 앞세우고 달려오는 병사의 모습은 상대의 입장에서는 대단히 부담스럽다. 들고 있는 방패가 손바닥만큼 작지 않는 한 압박감 또한 크다. 공격한다고 해서 상대가 피해를 입을지도 의문이고, 방패의 뒤쪽에서 무슨 일이 벌어지는지도 알 수 없다. 방패를 들었다는 사실 자체가 심리적으로 선제공격의 의미를 가지는 것이다.

밀착하여 검을 휘두르려는 순간 병사의 중심이 크게 흔들렸다. 오른쪽 무릎이 꺾인 병사는 영문을 모르겠다는 얼굴이었다.

단검을 의식하여 끌어 올린 방패 탓에 무릎을 노린 프란츠의 군화를 보지 못한 것이다. 방패를 올린 상태에서 상대와 가까이 붙게 되면 상대의 하반신을 볼 수 없게 된다. 코앞에 주먹만 대더라도 아래를 제대로 볼 수 없는 것이 인간의 눈이다. 비록 안구가 없긴 해도 역전체의 시야는 인간과 동일했다.

프란츠의 단검이 쓰러지려는 병사의 관자놀이를 관통했다. 절명한 병사는 검과 방패를 놓치고 수풀 위에 엎어졌다.

그 상황에서도 프란츠의 귀는 열려 있었다. 그녀는 왼쪽으로 몸을 돌리면서 왼손을 뻗었다. 심지에 불이 붙은 폭파단검이 안개를 가로질러 그녀에게 달려들던 역전체 병사 중 한 명의 안면에 박혔다.

"으!"

비명을 지른 병사는 서둘러 방패를 놓고 얼굴에 손을 올렸다. 하지만 보람도 없이 단검은 터졌고 상체를 잃은 병사의 시체는 바닥에 흩어졌다.

남은 두 명이 달려오는 것을 멈추고 프란츠를 살폈다. 방금 그들이 느낀 무기의 위력은 방패로 막는다고 해도 문제가 생길 정도였다. 결국 그들의 조심성은 프란츠에게 여유를 주었다. 군용 단검을 왼손에 옮겨 든 그녀는 오른손으로 왼팔에 붙은 리제늄 보호대를 만지며 생각했다.

'시간이 다 됐군.'

그녀는 키르히 쪽을 흘끔 봤다. 그의 모습은 실루엣만 보일 뿐 희미했다. 안개 때문이 아니라 그가 역전체들을 쳐 없애 만든 뼛가루들이 안개보다 더 짙게 깔려 버렸기 때문이다.

프란츠가 세 명을 처치하는 동안 병사들의 절반을 처리한 키르히의 모습은 짐승을 넘어서 재해에 가까웠다. 프란츠가 바라보는 사이에도 네 명이 용감히 휩쓸려 사망하고 다른 이들은 아예 접근조차 하지 못했다.

'노스페라투의 힘이겠지? 그런데 왜 아젤란도는 키르히에게만 저 코트를 주는 거지? 아무리 재료가 비싸다고 해도 주인님에게 줄 코트 정도는 만들 수 있었을 텐데?'

검은 갑옷의 병사들이 다가오는 소리가 들리자 프란츠는 오른손으로 스칼펠의 자루를 쥐며 생각을 이었다.

'집중력의 차이인가?'

섀델 크로이츠에서 전출되기 전, 그녀는 파렌에게 키르히를 왜 좋게 보냐는 질문을 한 적이 있다. 그에 대해 파렌은 의외의 대답을 내놓았다. 인간의 한계를 한참 벗어난 집중력이 바로 그것이었다. 천부적인 힘과 감각이라는 다른 사람들의 평과 상반된 것이었기에 그녀도 적잖이 놀랐다.

그녀는 최근까지도 파렌의 말이 틀렸을 거라고 생각했다. 산만하고 쉽게 짜증을 내는 키르히와 집중이라는 단어는 어울리는 짝이 아니었다. 하지만 스톰해머 요새에서 키르히가 니콜라와 싸우는 모습을 보고 그녀의 생각이 바뀌었다.

'호랑이가 날개를 단 격이다, 라는 아시엔의 말이 있지.'

생각하는 그녀를 향해 검은 갑옷의 병사들이 뛰어들었다. 그들이 과시하는 힘과 속도는 프란츠의 판단 이상이었다. 무기만 확실하다면 검의 일격으로 돌을 자를 수도 있는 수준이었다.

그러나 그것뿐이었다. 프란츠는 그들의 공격을 완벽히 피했고, 역전체들은 자신들의 힘에 못 이겨 휘청거리기까지 했다.

'날개가 달려봤자 호랑이가 새처럼 자유롭게 날 수는 없지. 애당초 날개에 어울리는 몸이 아니니까. 하지만 키르히의 경우는 다르지.'

무아지경 사이로 스칼펠이 번뜩거렸다. 목을 잃은 두 병사는 동시에 무릎을 꿇으며 쓰러졌다. 칼을 거둔 프란츠는 다시 키르히가 있는 곳을 봤다. 마지막 남은 역전체가 키르히에게 머리를 밟혀 사망하고 있었다.

'잃었던 날개를 되찾은 거야, 붉은 날개의 기사가.'

키르히가 문득 그녀를 마주 봤다. 그는 건방진 미소를 지으며 엄지를 들고 으스댔다.

이제 남은 것은 황금갑옷의 역전체뿐이다. 프란츠도, 키르히도 그렇게 생각했다.

그때 뭔가가 프란츠의 허리를 툭 건드리고 지나갔다. 움찔한 프란츠는 냉기가 달아난 방향을 다급히 돌아봤다.

한순간 키르히의 안색도 변했다. 그는 금발을 양쪽으로 땋은 소녀가 마치 빙판을 즐기듯 뒷짐을 진 채 신나게 미끄러져 오는 광경을 멍하니 지켜봤다.

키르히 앞에 소녀가 멈췄다. 뒤이어 그녀를 밀어주던 강력한 냉기가 키르히를 덮쳤다.

"다시 만났네, 키르히 펙터? 나 보고 싶지 않았어?"

소녀가 밝게 웃었다. 그녀는 뒷짐을 풀고 프란츠에게서 훔쳐 온 물건을 자랑스레 들어 보였다.

"이건 무슨 색 폭죽이야? 니콜라는 파란색이 좋은데."

그녀, 니콜라가 신호탄 뒤에 흘러나온 끈에 손을 가까이했다. 프란츠가 급히 석궁을 당겼지만 화살은 그녀에게 닿기도 전에 얼음가루로 변했다.

"막아, 키르히! 신호탄이라도 잘라 버려!"

프란츠의 고함에 놀란 키르히가 급히 도펠 슈트롬을 치켜들었다. 그런데 누군가가 때맞춰 그의 어깨를 살짝 쳤다.

타이밍을 잃은 키르히의 칼을 간단히 피한 니콜라는 뒤로 물러나 신호탄의 끈을 잡아당겼다. 그녀를 향해 전속력으로 뛰던 프란츠는 멈춰 서서 하늘 위로 날아오르는 마법의 빛을 넋 놓고 바라봤다.

키르히의 입에서 숨소리가 연거푸 새어 나왔다. 불안과 혼란이 그의 벽안에서 소용돌이쳤다. 니콜라는 양손으로 자신의 땋은 머리를 가지고 놀며 분홍색 혀를 불쑥 내밀었다.

"후후, 칭찬받을 짓을 해버렸네."

"뭐 하는 짓이야!"

키르히는 눈을 부릅뜨고 광분했다.

그 분노의 목표는 니콜라가 아닌, 그의 뒤쪽에서 어깨를 쳐 방해한 존재였다.

키르히는 뒤쪽을 향해 칼을 휘둘렀다. 그러나 칼날은 적에게 닿지 않았다.

키르히가 일으킨 칼바람이 훼방꾼의 긴 금발을 흔들었다. 털이 짧은 순백색의 모피코트로 몸을 가리고 연황색 목도리를 턱이 보이지 않을 정도로 두툼하게 두른 그 남자는 코트 주머니에 두 손을 집어넣은 채 가만히 키르히를 바라보고 있었다.

그가 눈웃음을 지었다. 붉은색의 눈동자와 결이 좋은 금발이 잘 어울리는, 한 폭의 그림처럼 아름다운 미소였다. 하지만 인간미가 느껴지지 않았다. 키르히는 사람이 아니라 자신의 의지대로 웃을 수 있는 조각상이 눈앞에 있다는 느낌을 받았다.

"너지? 날 방해한 녀석이 너지? 내가 쳐 죽일 녀석이 바로 너냐고? 대답해!"

키르히는 소리치며 도펠 슈트롬을 마구 휘둘렀다. 그러나 금발의 남자는 조금도 다치지 않았다. 그가 이상한 힘으로 칼날을 튕기거나 무지막지한 속도로 피하는 게 아니었다. 가만히 있는 남자를 키르히가 맞히지 못하고 있었다.

결국 베기를 멈춘 키르히는 정신없는 얼굴로 남자의
얼굴을 봤다.

"누구야, 너?"

"혹시 저와 만나신 기억이 있습니까?"

질문에 대한 답은 질문이었다. 키르히는 어처구니가
없었다.

"내가 너 같은 놈을 왜 만나?"

"예, 바로 그겁니다. 안심이 되는군요."

키르히는 남자의 말뜻을 이해할 수 없었다.

그의 수수께끼는 거기서 끝나지 않았다.

"하지만 다시 보니 반갑습니다. 원하시는 선물이라도
있습니까?"

"죽어줘."

키르히는 기습적으로 도펠 슈트롬의 방아쇠를 당겼다.
커다란 총구에서 뿜어진 산탄들은 수풀들만 헤쳐 놓을
뿐, 금발의 남자를 부수진 못했다. 키르히는 움직이지도
않고 산탄마저 피한, 아니, 맞지 않은 그 남자의 모습을
굳어진 얼굴로 지켜봤다.

'제기랄.'

상대에게 칼도, 총도 소용없다는 사실을 냉정히 깨달
은 키르히는 다른 방법을 강구해 봤으나 떠오르는 것은

아무것도 없었다.

'옷의 힘으로 어찌할 상대가 아니야. 애당초 왜 안 맞는지 모르잖아?'

금발의 남자가 다시 눈웃음을 지었다.

"저는 미하엘이라고 합니다."

"이름 물어본 적 없는데?"

"이렇게 해야 당신과 제가 같은 시간과 공간을 공유할 수 있지요. 인간의 사고능력은 대단히 단편적이라 어쩔 수 없습니다."

키르히의 머리를 괴롭히는 복잡한 이야기였다.

"일단 놀라셨겠지요?"

"아, 여러 가지로."

"사과하는 의미에서 재미있는 이야기를 몇 가지 해드리지요. 얼마 전, 안개술사들에게 야만족을 이용하여 웨스트리치를 침공하라고 부추긴 사람이 바로 접니다."

"허, 그래?"

상대가 너무 큰 사실을 가볍게 말한 탓인지 키르히도 지나가는 얘기 취급하듯 가볍게 흘려들었다.

"그럼 아쉽게 됐네. 우리가 녀석들을 모두 죽였거든. 혹시 복수하려고 온 건 아니겠지?"

"그럴 리가 있겠습니까? 그들이 죽은 것은 그들만의 문제일 뿐입니다. 그들은 제가 원하는 일을 훌륭히 이뤄주었습니다. 제가 원하는 물건을 들고 장벽지대를 넘어와 그것을 저에게 무사히 건네주었으니 말입니다."

"뭐라고?"

키르히는 얼굴을 찡그렸다. 아까 가볍게 들었던 이야기가 진짜라는 사실을 깨달은 것이다.

그때 프란츠가 물었다.

"질문과 답변 시간인가?"

그들 쪽으로 프란츠가 다가왔다. 신호탄이 터진 것 때문에 그녀는 극도로 화가 나 있었지만 일단은 드러내지 않았다. 미하엘과 니콜라를 지금 자극시켜 봤자 도움될 일이 전혀 없기 때문이었다.

미하엘은 질문하고 싶으면 하라는 투로 고개를 끄덕거렸다. 프란츠는 사양 않고 물었다.

"당신이 손에 넣었다는 그 물건은 어디 있지?"

"제 손엔 없습니다. 하지만 저의 것이지요."

금발의 남자, 미하엘은 그녀를 보며 빙긋 웃었다.

"그보다 더 궁금한 것이 있지 않습니까? 예를 들어 에링겔 성역에 갇혀 있던 역전체들이 그곳을 빠져나와 이곳에 나타난 이유 말이지요."

"그것도 당신이란 말이겠지?"

"그렇습니다."

"이유는?"

"개인적으로 이용할 군대가 필요했지요. 저는 전지전능한 존재가 아닙니다. 제 손으로 직접 생명을 빼앗지 못하는 것이 제가 가진 부족함 중 하나입니다."

"생명을 빼앗지 못한다고?"

"제가 죽일 수 있는 생명은 매우 제한되어 있습니다. 인간과 같은 지적 생명체를 죽이는 것은 정말 큰 금지사항이지요. 그래서 안개술사의 교주도 제 손으로 처리하지 못했습니다. 슬픈 일이 아닐 수 없습니다."

미하엘은 쓸쓸함에 젖은 얼굴을 숙여 목도리에 묻었다. 그러나 키르히와 프란츠를 감동시키기에는 무리였다.

프란츠가 차가운 어조로 다시 물었다.

"그래서 군대가 필요했다는 건가? 사람들을 죽이기 위해?"

"그렇습니다. 하지만 아직 누구를 죽여야 할지 결정하지는 못했습니다. 은폐 요소와 보안 요소가 너무 많아서 도무지 어찌할 수가 없군요. 단 두 명만 제거하면 되는데 말입니다."

"두 명?"

"하얀 왕과 칠흑의 왕입니다. 이야기는 들어보셨을 겁니다. 아젤란도가 당신들에게 대략적이나마 이야기를 해주었겠지요. 아닙니까?"

"아젤란도를 알고 있나?"

"그와는 인연이 깊습니다. 그의 스승뿐만 아니라 스승의 스승과도 잘 알고 지냈지요. 하지만 의외로 괴팍한 구석이 있어서 제 의지대로 다룰 수는 없었습니다. 올판(Orphan)을 만드는 기술까지도 전수해 주었는데, 안타까웠지요."

"당신이, 아니, 네가 올판을……!"

"중요한 일은 아니니 잊으시지요. 아젤란도는 하얀 왕을 쉽게 발견했지만 칠흑의 왕은 아직 발견하지 못했습니다. 저도 그렇지요. 아젤란도는 칠흑의 왕 스스로가 자신의 존재에 대해 눈을 뜨지 못했기 때문에 그럴 가능성이 있다고 말했지만 속단할 수는 없겠지요. 세상을 뒤바꿀 만큼 중요한 일이니까요."

미하엘은 복잡한 얼굴의 프란츠와 키르히를 지그시 봤다.

"아젤란도를 의심하시는 겁니까?"

"이 상황에선 그럴 수밖에 없지 않겠나?"

프란츠의 대답에 미하엘은 고개를 저었다.

"그는 진심으로 당신들을 돕고 있습니다. 현재 그는 저와 저의 군대에게 있어서 가장 강력한 적이지요."

멀리서 그 이야기를 듣던 황금갑옷의 역전체는 이를 악물고 불쾌감을 드러냈다.

'네 군대가 아니라 협력 관계란 말이다, 협력 관계.'

미하엘이 밝게 웃었다.

"이 장소에서 칠흑의 왕에 대한 가능성을 다시금 시험해 보고 싶습니다. 그러기 위해서는 당신의 도움이 필요합니다."

그가 지적한 사람은 프란츠였다.

"내가 도움을 줄 것 같나?"

"미안하지만 제안하는 것이 아닙니다."

금발의 남자가 니콜라에게 눈짓을 보냈다. 순박하게 고개를 끄덕인 니콜라는 작은 주먹을 굳게 쥐더니 프란츠에게 달려들었다.

"누나, 피해!"

비명과도 같은 키르히의 경고에도 불구하고 프란츠는 니콜라의 주먹을 허용하고 말았다. 그녀로서는 피할 수 없는 속도였다. 복부를 맞고 주저앉은 프란츠는 거친 숨을 토할 뿐, 들이마시지는 못했다.

그녀는 저물어가는 의식을 붙잡으며 키르히를 봤다.

"도망쳐, 키르히. 파렌이 있는 곳으로……."

"누나!"

키르히는 의식을 잃은 프란츠에게 달려갔다. 그러나 그녀의 몸은 이상한 힘에 사로잡혀 두둥실 뜨더니 미하엘의 옆으로 옮겨갔다.

"이것으로 파렌 콘스탄을 자극할 만한 요소는 갖춰졌습니다. 이제 그는 최악의 상황에서 전투를 치러야 할 것입니다. 다음은 키르히 펙터, 당신입니다."

미하엘의 말에 키르히는 이성의 끈을 놓았다.

"입 닥쳐!"

달려들려는 그의 앞을 강력한 냉기의 폭풍이 가로막았다. 천요의 모습으로 바뀐 니콜라가 보석처럼 파란 눈으로 키르히를 노려봤다.

"저 여자에게 당신에 대한 이야기를 많이 들었어. 당신, 움직이는 게 단순하다며? 저번에 당신과 싸웠던 것을 기억해 보니 그런 것도 같아. 나, 이 자리에서 당신을 죽이고 주인님께 귀여움을 받을 거야. 그래도 되겠지?"

"무슨……!"

키르히가 어이없어하는 가운데, 미하엘이 프란츠를 데리고 공중으로 떠올랐다.

"당신이 제거되면 파렌 콘스탄은 전력의 절반 이상을 잃게 되겠지요. 역전체들로 당신을 쓰러뜨리는 것은 무리이기 때문에 니콜라에게 부탁하기로 했습니다. 특별히 진지하게 당신을 상대해 달라고 니콜라에게 부탁했으니 죽는 것은 어렵지 않을 겁니다."

도펠 슈트롬을 잡은 키르히의 손이 분노로 부르르 떨렸다. 그 진동은 팔에서 몸으로 전해졌다.

"자아, 니콜라. 저 남자를 죽이고 돌아오려무나. 유적 근처에서 기다리고 있으마."

"예, 주인님."

니콜라는 기쁜 얼굴로 허리를 굽혔다.

"당신도 갑시다, 사령관. 왕을 모셔야 하지 않겠소?"

"알겠소."

황금갑옷의 역전체는 키르히를 보며 고개를 끄덕였다.

"건투를 비네, 짐승이여."

그들의 모습이 안개 속으로 홀연히 사라졌다.

니콜라와 단둘이 남게 된 키르히는 도펠 슈트롬의 약실을 열고 새로운 탄환을 장전했다. 그가 즐겨 쓰는 대인 살상용 산탄이 아니라 정제된 리제늄으로 만들어진 철갑탄이었다. 니콜라는 그의 행동이 끝나기를 기다려 주었다.

'저걸 어떻게 이기지?'

그는 당장 파렌에게 달려가 이 사실을 알리고 니콜라와 어떻게 싸워야 하는지 묻고 싶었다. 어렸을 때부터 뭔가 어려운 일이 생기면 파렌에게 질문을 했고, 언제나 파렌은 훌륭한 해답을 내놓았다. 하지만 지금은 그럴 수 없었다. 모르는 바는 아니었다. 그는 이 문제를 누구의 지시도, 조언도 없이 자기 혼자서 해결해야만 한다는 사실을 확실히 알고 있었다.

'힘을 안 써도 죽고, 써도 죽고…… 멋진데?'

그는 탄환 장전을 끝낸 도펠 슈트롬의 약실에 잠금장치를 걸었다. 맑은 쇳소리가 키르히의 감각을 다시금 일깨웠다.

"어이, 꼬마."

"지금은 꼬마 아니야."

니콜라가 뾰루퉁한 표정을 지었다.

"그래, 그렇다 치자. 나랑 싸워서 이기면 뭘 하고 싶어?"

"주인님의 말씀을 계속 들어야겠지?"

"그 자식이 너한테 해주는 게 뭔데?"

"글쎄? 난 주인님이 좋아. 난 주인님의 손에 눈을 떴고 주인님의 손에 길들여졌어. 단지 그뿐이야."

"그래? 부럽네. 난 고민할 게 너무 많거든."

키르히는 몸에 힘을 넣었다. 노스페라투에 의해 증폭된 그의 힘이 주변의 수풀과 그의 머리카락을 흔들었다. 압궤현상은 아직 일어나지 않았다. 그는 압궤를 각오해야 할지 말아야 할지 아직 결정하지 못하고 있었다.

"시작하자. 오늘이야말로 결판을 내는 거야, 꼬마."

"꼬마가 아니라고 했잖아!"

니콜라가 새파란 냉기를 뿌리며 달려왔다. 동시에 키르히의 도펠 슈트롬도 움직였다.

파렌은 다시 지도를 폈다. 어제 프란츠가 마지막으로 작성하여 넘겨준 그 전술지도는 단 하룻밤 만에 수백 명의 손을 거친 책의 책장처럼 빳빳함을 잃고 너덜거렸다. 그가 수면과 식사의 일부를 잊어가며 꾸준히 되살핀 결과였다.

"후우."

한숨을 쉰 그는 허리를 의자 등받이에 걸쳤다. 그의 검은 장발이 등받이 뒤로 스르륵 쏟아졌다.

프란츠와 키르히에 대한 걱정이 그의 냉정함을 흐트러뜨렸다. 수개월 전, 불가사의할 정도로 큰 안개의 탑과 파도와도 같은 야만족의 군세를 봤을 때도 그는 인간적인 걱정을 잠시 했을 뿐, 자신이 해야 할 일과 본분을 잊진 않았다. 하지만 고작 수백으로 예상되는 적을 앞둔 상황에서 그는 자신이라는 남자의 왜소함을 절실히 느끼고 있었다.

'경험의 차이겠지.'

그는 말 한 번 더듬지 않고 수만의 웨스트리치 연합 정예병들을 통솔하던 자신들의 왕, 호엔 3세의 모습을 떠올렸다. 그 늙은 왕은 위엄을 갖추기 위해 목에 힘을 주지도, 보석이 찬란히 박힌 보검을 꺼내 자신의 권위와 힘을 자랑하지도 않았다. 그저 심심함에 지쳐 동네를 돌아다니는 노인처럼 지팡이를 짚고 주둔지를 돌며 이리저리 시비를 걸고 다닐 뿐이었다.

그런데도 그를 만난 장병들은 최면술에라도 걸린 사람처럼 호엔 3세를 모시거나 만나게 되어서 영광이라고 진심 어린 감탄을 쏟아냈다.

파렌들의 활약으로 안개술사의 교주가 죽고 안개의 탑이 무너질 때, 연합군의 병사들은 자신들의 왕과 호엔 3세의 이름을 함께 외쳤다. 그 환호와 분위기는 전투가 종료된 뒤 호엔 3세가 정식으로 승리를 선언하면서 최고점을 넘었다.

그 광경을 보면서 파렌은 자신이 어느 나라의 왕자로 태어나지 않은 것을 다행이라고 여겼다. 한 나라의 왕이 되어서 저 영웅과 비교 당했다면 자기 성격상 장에 무리가 가서 죽을 때까지 고생했을 거라고 그는 생각했다.

그가 앉은 대형 막사엔 아무도 없었다. 막사 앞을 지키는 경비원들도 긴장했는지 석상처럼 자세만 유지하고 있었다. 그는 주먹으로 왼쪽 가슴, 심장 바로 위를 쿵쿵 두드렸다.

그때 막사 안으로 피곤한 얼굴의 테르나가 들어왔다. 전투를 앞둔 상황인만큼 화장을 아예 못한 얼굴이었지만 티가 나진 않았다.

"작전 전달이 끝났어. 아, 왜 다들 나한테 험한 소리를 하는지 모르겠어. 내가 짠 작전도 아닌데……."

그녀의 칭얼거림을 오랜만에 들은 파렌은 어렵사리 웃으며 탁자에 두 팔을 기댔다.

"미안하군."

"미안하다는 말로 끝날 일이 아니야. 귀국하게 되면 나한테 큰 선물을 해줘야 돼."

"선물?"

파렌이 턱을 괴고 그녀를 봤다. 동갑내기 미녀를 보는 청년의 눈이라기보다는 아버지가 사춘기 딸을 지켜볼 때의 눈에 가까웠다.

"갖고 싶은 거라도 있나?"

"분홍색 드레스. 봐둔 물건이 있거든. 쉬드람 대륙에서 수입된 스카프도 갖고 싶어."

"미스터 힌켈의 가게에서 말이지?"

놀란 얼굴을 한 테르나는 이내 조롱하듯 웃었다.

"몰랐나 보네? 힌켈 아저씨의 가게는 작년 초에 없어졌어."

"없어졌다고?"

어떻게 없어진 것이냐는 질문이 파렌의 표정에서 우러나왔다. 테르나는 파렌의 앞자리에 마주 앉으며 말했다.

"응, 그 자리에는 힌켈 아저씨의 아들이 운영하는 유아
복 가게가 생겼어. 아들 부부의 실력이 좋아서 그런지 장
사는 오히려 더 잘된대."

"다행이군. 음…… 그럼 슬로바 여사님의 가게로 갈
까?"

"슬로바 여사님은 3년 전에 돌아가셨어. 원래 간이 좋
지 않으셨대."

"안타까운 일이군. 그럼 미스터 로스키 씨의……."

"로스키 씨는 지방으로 이사 가셨어."

"음……."

파렌의 표정에 감돌던 아쉬움이 점점 진해졌다. 테르
나의 표정도 비슷해졌다.

"마담 트레몽의 찻집도, 미스터 헤르슈키의 서점도, 강
변의 간판 하얀 음식점도…… 모두 사라졌어."

"그렇군."

지금까지 나열된 상점들은 파렌과 테르나에게 있어서
보통 가게가 아니었다. 그들이 파혼하기 직전까지 수많
은 추억을 함께 쌓았던 장소였다. 더불어 파혼한 이후 그
가 단 한 번도 찾지 않은 장소이기도 하다.

"마담 트레몽의 찻집은 재미있었지."

파렌의 목소리가 추억에 부드러워졌다.

"그곳에 간 첫날이었을 거야. 내가 설탕에 알레르기가

있다는 것을 모르는 마담 트레몽이 차에 자기 식대로 설탕을 듬뿍 넣어 나에게 주는 바람에 난 한 시간이 넘도록 기침을 하며 고생했지. 그런데 넌 그런 나에게 진한 소금물을 먹여 버렸어. 이후의 일은 정말 대단했지."

테르나의 얼굴이 빨개졌다.

"그걸 아직도 기억하면 어떡해? 아직도 화가 안 풀린 거야?"

"네가 왜 나한테 소금물을 먹였는지 궁금하기도 하고, 재밌기도 하고."

"어디 가서 내가 그랬다고 하지 마."

"후후."

탁자 위를 보며 가만히 시간을 보내던 테르나가 이윽고 기어들어 가는 목소리로 말했다.

"가게들이 다 사라졌어. 시간도 많이 지났고. 남아 있는 건 없어."

"흠."

파렌은 무심한 소리를 냈다.

그녀는 다음 이야기를 꺼내기가 힘들었다. 키르히 식대로 하자면 돌아버릴 지경이었다. 그래도 아침에 냈던 용기를 다시금 내보기로 했다.

"그러니 파렌도 날 잊어줘."

턱을 괸 자세를 유지한 채 곁눈질로 지도를 또 살피던

파렌이 생각을 멈추고 그녀를 봤다.

"어째서?"

놀라서 묻는 것이 아니었다. 그는 테르나의 진지한 말을 대단히 사소하게 받아들이고 있었다. 파렌의 그런 차가운 태도에 테르나는 대단히 불쾌했지만 가까스로 마음을 달래며 얘기를 계속했다.

"나, 키르히에게 얘기했어. 내가 아이를 가질 수 없다는 사실을 솔직히 말해 버렸어."

"이제 키르히와 화해할 수 있겠군."

"응, 그럴 거야. 홀가분해. 이젠 파렌에게서 홀가분해지고 싶어."

"그러도록 해."

테르나의 격해진 감정을 무시하듯 짧게 말한 파렌은 다시 지도를 펼쳐 들었다. 반대로 테르나의 표정은 구겨졌다.

"어째서 그렇게 냉정할 수 있는 거야?"

"냉정?"

파렌은 웃었다. 냉소도 조소도 아닌, 따뜻한 미소였다. 그는 다른 지도를 들어 먼저 손에 들고 있던 지도 옆에 댄 뒤 둘을 비교하며 이야기를 계속했다.

"난 항상 기다려야만 했어. 약속 장소에 시간을 맞춰 나가면 상대는 늦게 오기 일쑤고, 갖고 싶은 물건이 있어서 돈을 모으면 마침 그때 물건이 떨어져서 다시 제작될 때까지 시간을 보내야 했지. 하루빨리 작전을 마무리해서 집에 가고 싶어지면 그날은 꼭 이상한 사건이 추가로 터지더군. 작년에 폐하께서 납치당하셨을 때도 그랬던 것처럼 말이야. 이걸 징크스(Jinx)라고 하나?"

그는 지도를 내려놓았다.

"사랑이란 마주 보는 것이 아니라 나란히 서서 같은 곳을 보는 것이다. 네가 나에게 그날 했던 말이야. 그 말엔 동감하고 있어. 너와 난 그때까지 나란히 서 있기만 할 뿐, 다른 곳을 보고 있었지."

"미안해."

그녀는 격한 감정을 억누르지 못하고 울먹였다. 파렌은 여유있게 한숨을 쉬고 손수건을 꺼내 그녀에게 밀어주었다.

파렌은 멋쩍게 웃었다.

"미리 말해줬으면 좋았을 걸 그랬군."

"응?"

"음…… 근위대장님 말이야. 아이가 아홉 명이나 되지."

갑자기 근위대장이란 말이 나오자 눈물을 닦던 테르나의 표정이 조금 이상해졌다.

"그런데?"

"사실 아홉 명의 아이들 중 일곱 명이 전쟁고아야. 국

민들에게까지 피해가 갈 정도로 큰 전쟁이 일어날 때마다 그분은 전쟁고아들을 한 명씩 입양하셨지. 덕분에 근위대장님은 대가족의 가장이 되셨어. 이번에도 한 명을 입양하실 계획이라고 하시더군. 그 얘기를 처음 들었을 때 정말 아름다운 일이라고 생각했지."

파렌은 편안한 얼굴로 말했다.

"우리 아이들이 우리를 꼭 닮을 필요는 없잖아?"

테르나는 말문이 막혀 아무 소리도 내지 못했다. 파렌은 웃으며 지도들을 다시 살폈다. 아무 말 없이 기다리는 것은 그의 장기였다.

"파렌."

"왜."

"손수건이 너무 작아."

그녀는 흠뻑 젖어 못 쓰게 된 손수건을 탁자 위에 놓은 뒤 손으로 얼굴을 가렸다.

"프란츠한테 뭐라고 말하면 좋을지 모르겠어."

파렌은 의아했다.

"프란츠는 또 왜?"

"죽어도 말 못해."

"흠."

고개를 갸웃거린 파렌은 다시 지도를 봤다.

그때 네벨이 막사 안으로 급히 뛰어들어 왔다.

"특무상사님, 미스 파브레힐트가 신호탄을 쐈습니다."

네벨은 울어서 새빨개진 테르나의 눈을 보고 깜짝 놀랐다. 이에 테르나는 정색하려 애썼지만 표정만으로 생리적 현상의 흔적을 지울 수는 없었다.

파렌은 주머니에서 시계를 꺼내 시간을 확인했다.

"좋아, 나가지. 테르나는 지금 즉시 무장을 갖추고 페이건 경에게 가도록 해."

"이 얼굴로?"

파렌의 얼굴에서 기운이 빠졌다.

"예레미스 상사."

"아, 알았어. 바로 갈게. 그럼 이따가 봐, 네벨."

"예, 상사님."

테르나는 소녀의 어깨를 짚은 뒤 곧장 막사를 나갔다. 눈물에 젖은 테르나의 얼굴이 신경 쓰였는지 네벨은 평소와 달리 조심성없이 질문을 던졌다.

"특무상사님, 예레미스 상사님께 무슨 일이 있었습니까?"

"장래에 대한 얘기를 잠시 했지."

대충 덤덤하게 대답한 파렌은 슈트롬 팔켄을 위한 거치용 스트랩(Strap)을 코트 위에 걸쳤다. 그의 말을 곰곰이 생각한 네벨은 손을 탁 치며 말했다.

"아, 미스 파브레힐트에 대한 말씀을 하셨군요."

"음?"

파렌은 프란츠의 이름이 네벨의 입에서까지 나오자 의아해했다. 네벨은 부끄럽게 웃으며 말했다.

"걱정하실 필요는 없을 겁니다. 미스 파브레힐트도 진심이시니까요."

"진심이라니?"

"예?"

그의 표정을 본 순간 네벨은 자신이 뭔가 대단한 실수를 저질러 버렸다는 사실을 깨달았다.

"죄송합니다, 특무상사님! 소녀가 함부로 짐작해서……!"

"음…… 괜찮아. 지금은 그에 대해 고민할 시간이 없으니 일단 넘어가도록 하지."

말은 그렇게 해도 사실 그는 지금 상당히 당황해하고 있었다. 그의 그런 모습을 처음 보는 네벨은 조심성을 또다시 잃었다.

"미스 파브레힐트를 싫어하십니까?"

파렌은 자신을 지켜보는 꼬마 마녀의 모습을 보고 난감해했다.

"싫어하지는 않아."

스트랩의 고정을 마무리한 그는 슈트롬 팔켄이 든 가방을 열었다. 그는 분해되어 정돈된 자신의 커다란 파트

너를 조립하며 말했다.

"프란츠는 칼집에 담기지 않은 칼이야. 흠잡을 곳이 없이 날카롭고 수많은 사람들의 믿음을 받지. 그런데 그녀는 내가 자신의 칼집이 되어줄 거라고 생각해. 하지만 난 그녀의 칼날을 견딜 자신이 없어."

"예……."

소녀의 아쉬운 목소리는 프란츠를 지지했던 마음이 꺾이면서 나온 파열음이었다.

"그보다, 오늘 아침에 부탁한 것은 어찌 됐지?"

"아, 지시하신 대로 시행했습니다."

"좋아."

준비를 마친 파렌은 장발을 손으로 옭아 옆으로 밀친 후 슈트롬 팔켄을 등의 거치대에 걸었다. 회은색의 칼날 위로 그의 검은 머리카락이 내려왔다.

"그렇게 하시면 검을 뽑을 때 머리카락이 상하지 않을까요?"

소녀의 평범한 질문에 파렌은 웃기만 했다.

"처음엔 그랬는데 지금은 괜찮더군. 자, 나갈까?"

"예, 특무상사님."

막사를 나온 파렌은 말을 탄 뒤 자신의 앞에 네벨을 앉혔다. 작년엔 그의 앞에 타는 것이 민망했던 네벨도 지금은 적응이 됐는지 부릅뜬 눈으로 자신이 할 일에만 정신을 집중했다.

프란시스가 이끄는 기병대 쪽으로 간 파렌은 300여 기의 기병들이 한꺼번에 쏘아대는 험한 눈빛을 한 몸에 받았다. 미리 도착해서 지시를 전달한 테르나도 그 분위기 때문에 안절부절못하고 있었다.

완전무장을 한 프란시스는 테르나 앞에서 팔짱을 끼고 서 있었다. 론더랜드를 출발할 때와는 다른 모습이었다. 거칠게 기르고 있던 수염은 말끔히 깎았고 머리도 단정했다. 혼탁했던 눈빛은 갈고닦은 유리알처럼 맑았다. 한데 표정에는 말할 수 없는 불쾌감이 드리워져 있었다.

프란시스는 파렌이 다가오는 것을 기다리지 못하고 그를 쫓듯 걸음을 옮겼다.

"어떻게 된 일이오, 콘스탄 특무상사? 그대를 믿는 마음에는 변함이 없지만 이건 약간 너무한 처사라고 생각되오. 너무 갑작스럽지 않소?"

파렌은 공손히 미소를 지었다.

"사과드립니다. 융통성을 발휘한 것뿐이니 합리적으로 이해해 주셨으면 합니다."

"음……."

"그래도 오늘은 얼굴이 좋아 보이십니다."

화를 내러 왔다가 칭찬을 들어버린 프란시스는 허탈한 숨소리를 냈다.

"일생일대의 불충이오."

자신의 왕, 아셀 더 아발론에 대한 일을 잠시 잊었다는 뜻이었다. 프란시스 본인에게 그 각오에 대한 말을 들었던 파렌은 위로의 미소를 지었다.

"보다 근본적인 문제를 처리하는 것이라 생각해 주십시오."

"알겠소. 그럼 건투를 빌겠소, 특무상사."

"잘 부탁드리겠습니다."

거수경례를 한 파렌은 테르나에게 손짓했다. 그녀는 마차에서 빼낸 자신의 말에 올라탔다.

세 명이 안개 속으로 사라졌다. 그들의 모습을 지켜보던 프란시스는 한가롭게 풀을 뜯고 있는 자신의 말에게 다가가 안장에 걸어둔 투구를 들었다.

"융통성이라……."

혼잣말을 한 그는 투구를 쓰고 말에 올라탔다.

"성공한다면 그런 저렴한 말보다는 예지능력이라는 말이 더 어울리겠지."

그는 브리스톤의 깃발을 든 기수에게 손짓했다. 기수가 깃발을 들고 크게 흔들자 대기하고 있던 기병들이 바삐 대열을 갖췄다. 중장기병인 레드맨틀이 중앙 선두로, 일반 창기병대가 좌우로, 그리고 궁기병대가 뒤로 가는 삼각형의 대열이었다.

프란시스가 돌격창을 들며 외쳤다.

"브리스톤의 병사들이여, 알다시피 이 작전은 단시간 내에 적을 괴멸시키는 전격 작전이다! 우리가 해야 할 일은 비록 달라졌지만 보다 근본적인 것은 달라지지 않았다!"

기병들의 소음이 잦아들었다.

"어제 제군들에게 고했다시피 지금 폐하께서 어디에 계시는지 아는 사람은 없다! 그러나 폐하의 검이 되기로 일찍이 맹세했던 우리가 아닌가? 우리 모두가, 우리 각자가 폐하의 검으로서, 폐하의 분신으로서 이제 겨우 내전의 아픔을 잊고 평화를 누리고 있는 브리스톤의 백성들을 위해 싸우는 것이다!"

"오오!"

기병들이 각자의 무기를 들며 한목소리로 외쳤다. 이에 프란시스가 더욱더 목소리를 높였다.

"기병대, 출진! 브리스톤을 위하여!"

"브리스톤을 위하여!"

투구의 면갑을 내린 프란시스가 말의 고삐를 당겼다. 앞발을 들며 포효한 그의 말을 시작으로 300여 기의 기병들이 한꺼번에 움직였다.

아젤란도는 떠나가는 기병들의 모습을 보며 빗자루처럼 빳빳한 턱수염을 쓸어내렸다.

"드디어 시작이로군."

"으음."

옆에 선 카샤가 고개를 끄덕거렸다. 아젤란도는 총사령관인 양 턱에 힘을 주고 있는 꼬마 요괴를 물끄러미 바라봤다.

"예전부터 묻고 싶었던 것이 있네, 천요여."

"뭔가?"

"그대의 모친…… 산신령 파우샤라고 했던가? 도대체 어디로 간 것인가?"

"내가 웨스트리치의 남쪽으로 가셨다고 하지 않았나?"

"확실히 그랬지. 하지만 괜히 갈 리가 없지 않나?"

"미디엄께서 부탁하신 물건이 있다고 하셨다. 정확히는 모른다. 아, 엄마 얘기 나오니 또 엄마가 미워진다."

아젤란도는 투덜거리는 카샤에게서 시선을 떼고는 넌지시 웃었다.

'여기까지 예언하셨다 이거군. 하지만 그 남자가 직접 관계된 일인데 과연 뜻대로 될까?'

그의 눈초리가 날카로워졌다.

'아니, 나의 이 생각마저도 그 예언이라는 것에 포함되었을지도 모르겠군. 좋아, 이번에는 잘되길 빌어주지. 내가 손해 보는 일은 아니니까.'

카샤가 그의 검은색 법의를 잡아당겼다.

"배고프다."

"……."

아젤란도는 오랫동안 말없이 카샤를 바라봤다.

짙은 안개 속에서 수백의 기병들이 달리는 것은 예사
롭지 않은 일이었다. 대열을 맞추는 것은 훈련대로 한다
고 쳐도 방향을 잡는 것은 그렇지 않았다. 길도 없는 들
판을 달리기 때문에 목표 지점을 벗어날 위험성이 컸다.

말 위에서 지도와 나침반을 이용해 방향을 잡는 일은
프란시스 휘하의 찰스 헤밀턴과 윈스턴 오브라이언이었
다. 프란시스는 특별히 호흡이 잘 맞는 둘에게 지도와 나
침반을 각각 쥐어주고 둘이 함께 방향을 잡으라는 지시
를 내렸다.

두 젊은 기사는 이번 작전을 계획한 파렌을 한마음으
로 저주하며 방향을 잡기 위해 안간힘을 썼다.

한참을 달리던 어느 순간, 찰스 헤밀턴이 큰 목소리를
냈다.

"목표 지점에 도달!"

프란시스는 아무것도 보이지 않는 안개의 저편을 뚫어
지게 바라봤다.

'그대의 생각대로 되길, 파렌 콘스탄.'

그가 손을 들었다.

"전군, 감속!"

미리 약속한 대로 기병대의 전진 속도가 떨어졌다. 돌격전법을 포기한, 적과 대치했을 때 난전이 벌어질 것을 각오한 느린 속도였다. 만약 안개 속에서 적의 기병대가 튀어나와 돌격해 오면 대형사고가 터질 수도 있는 상황이었다.

안개 저편에서 거뭇거뭇한 물건들이 보였다. 면갑 속에서 빛나던 프란시스의 눈이 커졌다.

그것은 목책이었다. 나뭇가지로 얼기설기 만든 물건이 아니라 이 근처에서는 구할 수 없는 두꺼운 통나무로 튼튼히 만든 목책들이었다. 속도를 줄이지 않았다면 기병대들은 무수히 깔린 목책에 찔리거나 말이 넘어져서 큰 피해를 입었을 것이다.

수풀 속에서 그들의 전진을 지켜보는 눈이 있었다. 역전체 궁병대의 대장 중 한 명이었다.

"목책에 대한 대비를 하고 왔나? 그럴 리가? 오늘 새벽에 '문'을 통해 들여와서 그 남자가 원하는 곳에 설치한 물건들인데?"

고개를 갸웃거린 궁병대 대장은 그래도 괜찮다는 듯 씩 웃었다.

"상관없겠지. 일단 목책 앞에서 멈추는 순간 고슴도치가 될 테니까."

그는 옆에 있는 부하에게 조심스레 손짓했다. 대기하

고 있던 궁병들이 목책 앞에서 서서히 멈추는 기병대를 노려보며 시위를 당겼다.

"알 카티에 대장님의 부대가 사격을 개시하면 일제히 공격한다. 다들 알고 있겠지?"

"예, 대장님."

시간이 계속 흘렀다. 하지만 사격 소리는 들리지 않았다. 그사이 기병대는 차례차례 목책을 돌아 다시 대열을 갖췄다.

"뭐야? 어쩌라는 건가, 알 카티에 대장님은! 궁병대 여섯이 전부 기다리고 있지 않나?"

"이자의 이름이 알 카티에인가?"

갑자기 들려온 목소리에 궁병대 전원이 움찔했다. 옆을 본 궁병대 대장의 앞에 생기를 잃은 두개골이 툭 떨어졌다.

황금색 십자가가 크게 찍힌 검은색 망토가 투구 밑으로 길게 새어 나온 흰 수염과 함께 안개 속에서 펄럭거렸다. 중장갑옷을 입고 투구를 눌러쓴 그는 오른손에 든 대검을 흔들며 다가왔다.

"궁병대가 여섯이나 있을 줄은 몰랐군. 늙은이를 힘들게 하다니, 못된 친구들일세."

"누구냐!"

궁병대 대장이 화살을 날렸다. 그러나 화살은 바람처

럼 움직인 대검에 맞아 간단히 떨어졌다.

투구 속에서 걸걸한 웃음소리가 나왔다.

"안개마을에서 온 늙은 검사지."

노인이 든 양손 대검에서 흰색의 기운이 풍부하게 피어올랐다. 지금 세상을 뒤덮은 안개보다 훨씬 더 농밀하고 하얀 기운이었다. 궁병대 대장은 허리에 찬 짧은 검을 뽑아 대항할 의지를 보였고, 옆에서 대기하고 있던 그의 부하들도 화살의 끝을 노인 검사에게 돌렸다.

"우리의 위치를 어찌 알았나?"

대장의 질문에 검사의 어깨갑옷이 들썩거렸다.

"알고 온 건 아니라네. 힘들었다고 말했을 텐데?"

"뭐라고?"

"궁병대가 이 근처에 숨어 있을 테니 찾아서 없애달라고 우리 아가씨께서 말씀하시더군. 그래서 자네들을 열심히 찾았지. 벌레 하나 함부로 밟지 못하셨던 우리 아가씨께서 그렇게 거칠어지실 줄은 몰랐네. 역시 성장기에는 나쁜 친구를 사귀면 안 돼."

농담하듯 한탄한 늙은 검사는 검을 들었다.

"아무튼 작별하세, 해골 친구들."

궁병대의 화살이 노인을 노리고 튀어나갔다. 그러나 화살이 꿰뚫은 것은 안개일 뿐, 어느새 그들의 뒤쪽으로 돌아 들어간 노인 검사는 무시무시한 살기를 뿜었다.

"아니?"

궁병대 대장의 목소리는 산사태처럼 그들을 덮치는 하얀 기운에 뭉개져 사라졌다.

일격에 궁병들을 처리한 노인은 면갑을 걷어 올렸다. 대포라도 맞은 듯 잔혹하게 흩어진 역전체들의 시신과 하얀 수염에 덮인 노인의 인자한 얼굴이 심한 부조화를 이뤘다.

노인 검사, 랑펠 세르바토프는 왼손 검지를 수염 속에 넣고 안쪽을 긁었다.

"다 좋은데, 왜 하필 아젤란도냐 이거지."

혼잣말로 누군가와의 악연을 저주한 그는 다음 임무를 위해 안개 속으로 사라졌다.

자신들이 궁병대의 암습으로부터 보호받았다는 사실을 꿈에도 모르는 프란시스의 기병대는 대열을 다시 갖춘 뒤 조심스럽게 전진했다. 도중에 정찰병으로 보이는 역전체 기병과 마주치긴 했지만 프란시스는 추격 명령을 내리지 않았다. 그가 추격에 대한 고민을 끝내기도 전에 한 무리의 역전체 기병대가 줄지어 나타난 것이다.

프란시스는 당황했다. 지금 당장 누군가를 붙잡고 적 기병대가 자신들의 정면으로 나타난 이유와 그들의 숫자에 대해 알아내고 싶었다.

다행스럽게도 역전체 기병대의 지휘관인 알리 뮤리안

역시 당황하고 있었다. 마법의 안개로 인해 말발굽 소리가 묻히면서 양쪽 모두 기습을 당해 버린 상황이 된 것이다.

알리 뮤리안이 가장 먼저 저주한 것은 적이 아니라 적 기마병에 대항하겠다면서 새벽에 출동한 여섯 개의 궁병대였다.

'그 바보들은 도대체 뭘 한 건가? 일부러 성역에서 목책까지 운반해 왔는데 저들을 그냥 통과시켰단 말인가?'

그들이 원래 펼치고자 했던 작전은 목책과 궁병대에 길이 막혀 우왕좌왕하는 적 부대를 기병대가 깔끔하게 마무리하는 것이었다. 십중팔구 기병대가 올 것이라는 사령부의 예상은 맞아떨어졌지만, 오로지 그뿐이었다.

궁병대가 저승으로 떠났다는 사실을 모르는 그는 벌써 코앞까지 온 적들을 어떻게 상대할지 고민했다.

'상태로 봐선 우리 궁병대와 만나지도 못한 것 같군. 우리가 이곳에 있다는 사실을 미리 알고 온 것 같지도 않아. 알았다면 저렇게 촌놈처럼 덜렁덜렁 오진 않겠지.'

그의 눈구멍이 무섭게 일그러졌다.

'이 안개만 아니었다면 임기응변이라도 했을 텐데……. 아무래도 모험을 해보는 수밖에 없겠군.'

그는 붉은색의 끈이 달린 뿔피리를 들어 힘껏 불었다. 동시에 역전체 기병대의 속도가 올라갔다.

프란시스는 지금 들린 뿔피리 소리가 무엇을 의미하는지 알고 있었다.

'전속전진이라고? 그냥 부딪쳐서 난전을 벌일 생각인가?'

그때, 역전체 기병들의 무리가 과감한 움직임을 보였다. 갑자기 우측으로 방향을 틀어 옆구리를 훤히 드러낸 것이다. 지휘관의 입장에선 군침이 도는 광경이었으나 프란시스는 그들을 쫓지 않았다. 저들이 먼저 전속력으로 움직이는 상황에서 돌격 명령을 내렸다가는 적의 꼬리를 쫓다가 뒷덜미를 물리는 상황이 벌어질 수도 있었다.

프란시스는 뿔피리를 들어 짧게 두 번, 길게 한 번 불었다. 그 신호에 따라 브리스톤 기병대는 속도를 올림과 동시에 적 기병대로부터 등을 돌리고 크게 선회했다. 양측 지휘관의 결정에 따라 좌우로 들판을 돌며 속도를 얻은 두 기병대는 이윽고 서로를 향해 달리기 시작했다.

알리 뮤리안은 상대방의 대열을 확인하고 쓴웃음을 지었다.

'역시 보통 놈들이 아니로군.'

처음부터 마름모꼴의 대형을 유지한 자신들과 달리 브리스톤 기병대는 선회를 하는 와중에 중장기병이 선두로, 일반 창기병이 중간으로, 활 대신 검을 잡은 궁기병이

후방으로 빠지는 창 모양의 대형을 갖췄다. 자신의 발이 아니라 동물을 다뤄서 속도를 조절하는 기병대가 실전에서 저렇게 빨리 대형을 바꾸는 것이 얼마나 힘든지 잘 아는 뮤리안으로서는 기가 막힌 광경이었다.

'정예 중의 정예라 이건가?'

그는 자신들의 선두를 맡은 창기병대가 적의 중장기병대를 얼마나 막아줄지 궁금했다. 제발 막아주기를 간절히 빌지는 않았다. 그는 신이라는 이름으로 보강할 수 있는 것은 정신이지, 무기와 갑옷이 아님을 잘 알고 있었다.

'고집을 피울 상황이 아닌 것 같군.'

치아가 앙상한 그의 입가에 미소가 떠올랐다.

이윽고 두 기병대가 정면으로 충돌했다.

역전체 기병들의 창이 부러지고 많은 수의 병사들이 레드맨틀의 돌격창에 찔리거나 밀려 낙마했다. 말발굽이 그들을 처참히 짓밟으면서 사망자의 숫자는 급격히 증가했다.

물론 브리스톤 측의 피해도 가볍진 않았다. 역전체들의 경이적인 힘 때문에 창을 놓치거나 말에서 떨어진 자들이 부지기수였다. 레드맨틀의 피해는 경미했지만 후열의 창기병대는 돌파가 늦어지면서 난전에 휘말리는 바람에 적지 않은 병사들이 죽거나 다쳤다.

첫 충돌의 피해는 3대 1 정도로 역전체 쪽이 훨씬 많았다. 총과 대포가 없는 재래식 전투가 벌어질 때마다 증명되어 온 레드맨틀의 전투 능력이 다시금 입증되는 순간이었다. 하지만 프란시스는 만족하지 않았다. 가까스로 합류에 성공한 창기병대와 궁기병대의 피해가 예상을 넘었고, 자신이 얻으려 했던 결과 역시 얻지 못했기 때문이다.

'놓쳤군.'

아쉬움에 찬 프란시스의 눈에 멀리서 역전체들을 이끌며 선회하는 알리 뮤리안의 모습이 잡혔다.

'저 남자, 정면승부를 피했어.'

프란시스는 충돌 직전에 후열로 빠지는 알리 뮤리안의 모습을 확실히 봤다. 죽음이 두려워서 피하는 것이 아니라 뭔가 특별한 생각이 있어서 피하는 모습이었다.

'시간을 끌면 끌수록 최종 결과는 저쪽이 유리하다는 말이겠지. 이번에는 놓치지 않으마.'

그는 방패를 든 왼팔을 흔들었다. 그의 좌우 뒤편에서 달리고 있던 찰스 헤밀턴과 윈스턴 오브라이언이 속도를 올려 그의 옆에 붙었다.

"찰스, 윈스턴! 너희들은 이제부터 적장을 노린다!"

"그 말씀을 기다리고 있었습니다!"

찰스의 목소리가 대단히 컸다. 그는 예전에 파이어 헨

지에서 알리 뮤리안에게 투구의 깃털을 빼앗기는 굴욕을
당했다. 그에 대한 앙갚음을 할 기회가 드디어 주어진 것
이다.

"반드시 죽일 필요는 없다! 대신 어떻게든 적장을 대열
에서 이탈시켜라!"

"지시를 따르겠습니다!"

두 기병대가 다시금 맞부딪쳤다. 강철들이 뚫리고 스
치는 소음이 사방에서 어지럽게 터졌다.

알리 뮤리안은 처음과 마찬가지로 후열로 빠졌다. 그
가 그렇게 싸움을 피하는 이유는 어떻게든 시간을 끌어
얼마 후에 이곳에 도착하기로 예정된 지원부대의 안전을
확보하기 위해서였다.

이 자리에서 그들이 패배하면 윈드 헨지를 둘러싼 본
진은 마녀 몇 명과 보병부대 200여 명으로만 수비해야 한
다. 궁병대가 자신들을 지원해 주거나 윈드 헨지로 귀환
하여 방어에 동참하면 괜찮겠지만, 알리 뮤리안은 목책
을 이용한 적 기병대 요격이 실패한 사실을 바탕으로 그
들에 대한 기대를 접었다.

적 기병대가 이대로 본진에 들이닥친다면 마녀들은 몰
라도 보병부대가 입을 피해는 극심할 것이다. 제대로 된
엄폐물이 없는 들판에서 보병이 기병을, 그것도 완전무
장한 중장기병을 상대로 할 수 있는 일은 아무것도 없었

다. 알리 뮤리안은 그 기본적인 사실에 입각하여 자신의 자존심을 버리고 버티기에 돌입한 것이다.

잠시 다른 생각에 빠졌던 알리 뮤리안을 한 병사가 일깨웠다.

"대장님을 지켜라! 녀석들을 막아!"

움찔한 알리 뮤리안은 무서운 속도로 대열을 뚫으며 자신에게 달려오는 두 명의 중장기병을 목격했다. 찰스와 윈스턴이었다. 얼굴을 가린 투구 때문에 당장은 누가 누군지 알 수 없었지만 알리 뮤리안은 깃털이 없는 찰스의 투구를 한눈에 알아봤다.

"그때 그 기사인가? 하하하!"

그들에게 맞서 돌진한 알리 뮤리안의 커다란 마상도가 번뜩였다.

"크악!"

비명과 함께 깃털이 달린 레드맨틀의 투구가 하늘로 떠올랐다. 안면이 뚫릴 뻔했으나 귀가 찢어지는 부상을 끝으로 목숨을 건진 윈스턴 오브라이언은 정신을 반쯤 잃고 말 위에 쓰러졌다.

친구가 당했지만 찰스는 굳은 의지로 돌격창을 밀었다. 둘 중 하나가 잘못돼도 알리 뮤리안만은 반드시 잡자는 것이 찰스와 윈스턴의 약속이었다.

"찰스 헤밀턴이 왔다, 알리 뮤리안!"

찰스의 돌격창과 뮤리안의 마상도가 격돌했다. 청년기사의 창을 옆으로 간단히 흘려보낸 알리 뮤리안은 자신의 말로 상대방의 말을 들이받아 움직임을 봉쇄한 뒤 마상도를 높게 들어 올렸다.

"이제 자네의 깃털은 영원히 내 것이겠군!"

그의 눈앞에 뭔가 큰 물체가 닥쳐왔다. 찰스가 집어 던진 방패에 안면을 맞은 알리 뮤리안은 비골이 깨지면서 비틀거렸다. 기회를 잡은 찰스의 창이 무서운 기세로 상대를 찔렀다.

그 공격에 왼쪽 어깨갑옷이 뜯겨 나간 알리 뮤리안은 자신이 믿는 알라하르 신에게 감사하며 마상도를 휘둘렀다.

그러나 그의 공격은 이번에도 빗나가고 말았다. 그를 노린 두 젊은 기사와는 비교할 수 없는 기세의 돌격이 그를 덮친 것이다.

창끝으로 알리 뮤리안의 마상도를 쳐낸 기사는 그대로 말을 밀어붙여 상대를 꼼짝 못하게 만들었다. 원래는 밀어 넘어뜨리려고 했지만 역전체 전투마의 힘이 대단해서 뜻을 완전히 이루진 못했다.

"페이건 경!"

찰스의 부름에 기사, 프란시스는 알리 뮤리안을 계속 밀어붙이며 외쳤다.

"윈스턴을 데리고 대열에 합류하라! 이자는 내가 맡

겠다!"

"그럼 지휘는……."

"프랭크에게 맡겼으니 어서 합류하라!"

"……찰스 헤밀턴, 명을 받겠습니다!"

복잡한 마음으로 말 머리를 돌린 찰스는 적의 활과 투창 공격을 피하기 위해 계속 달리기만 하는 윈스턴을 향해 달려갔다.

서로의 부대와 완전히 떨어진 두 지휘관은 말끼리의 힘겨루기를 멈추고 뒤로 물러났다. 프란시스는 고삐를 잡아 말을 진정시킨 뒤 상대방에게 물었다.

"이름이 알리 뮤리안이라고 했나?"

역전체 지휘관이 반갑게 웃었다.

"나를 기억하고 있군."

"세 번이나 만났으니까."

"그렇군."

알리 뮤리안은 고개를 끄덕였다.

"알라하르 교단 제5기병단의 대장, 알리 뮤리안이다. 그대의 말대로 전쟁터에서 같은 적장을 세 번이나 만나는 건 흔치 않은 인연이라는 뜻이지. 그대의 관등성명을 듣고 싶군."

"브리스톤 왕국 중장기병대, 레드맨틀의 리더인 프란시스 페이건 백작이다."

"백작? 또 백작이로군."

"나 말고 아는 백작이 또 있나?"

"다시 피와 살을 되찾으면 술을 한잔하자고 약속한 남자가 있지. 그것보다 그 무식한 창으로 나와 겨룰 생각인가? 그렇게 어리석진 않은 것 같은데?"

"걱정도 참 많군."

프란시스는 들고 있던 돌격창을 바닥에 던지고 안장에 미리 묶어둔 검을 빼 들었다. 길이가 일반 장검보다 훨씬 길고 자루도 긴, 웨스트리치에서 흔히 '바스타드 소드'라고 불리는 검이었다.

"이거면 되겠나?"

"귀찮게 됐군."

솔직히 답한 알리 뮤리안은 마상도를 들었다.

그때, 둘은 미리 약속이라도 한 듯 고개를 돌려 주변을 봤다. 그들의 시각과 청각을 마비시키던 안개가 바람을 타고 빠르게 걷히고 있었다.

동시에 둘의 시선이 윈드 헨지 쪽으로 움직였다. 옅어지는 안개와 함께 강한 전율이 둘의 감정을 흔들었다.

윈드 헨지 주변에 세워진 역전체의 본진에서 검은 연기가 무럭무럭 솟고 있었다.

알리 뮤리안은 넋 나간 얼굴로 프란시스를 봤다.

"너희들이 선발대가 아니었나?"

옆으로 늘어진 프란시스의 검끝이 상대를 조롱하듯 위
아래로 흔들렸다.

"원래는 그랬다네. 하지만 오늘 아침에 순서가 바뀌었
지."

"바뀌었다고?"

"궁금한가? 하지만 우리가 비밀스러운 이야기를 나눌
관계는 아닌 것 같은데?"

"그렇지. 하지만 내가 놀랄 상황임에는 분명하지 않나?
본진을 지키겠다면서 나온 장수가 본진이 공격당하는 꼴
을 봤는데 궁금한 것은 당연하지. 이 안개가 갑자기 걷히
지만 않았다면 그대에게만 집중할 수 있는 즐거움을 누
렸을 텐데, 정말 아쉽군."

"어리석음을 보여 나를 실망시키지 말게."

"뭐라고?"

"이것은 안개이면서 안개가 아니라네. 거대한 연극 무
대의 커튼이라고 볼 수 있지."

프란시스는 방패를 든 왼손으로 공간왜곡의 문이 빛나
고 있는 역전체의 본진을 가리켰다.

"우리가 움직이는 사이 한 남자가 안개로 된 커튼 뒤에
서 연극을 준비했네. 그리고 커튼이 걷히면서 그의 연극
이 공개됐지. 내 부하들의 반응을 보아하니 흥행에는 성
공한 것 같군."

본진에서 전투가 벌어지는 모습이 공개되면서 양 기병대의 사기는 단숨에 바뀌었다. 역전체들은 허탈감에 신음했고, 브리스톤 기병대의 기세는 들판을 진동시켰다.

"……누구의 작전인가?"

"나를 이기면 알 수 있을 것이다, 알리 뮤리안."

프란시스는 검을 똑바로 들었다. 그러자 알리 뮤리안도 마상도를 다시 들었다.

"그렇다면 최선을 다하지."

둘의 마상도와 검이 들판 위에서 부딪쳤다. 더불어 기병대들도 세 번째의 충돌에 들어갔다.

Chapter 9 피를 원하는 자

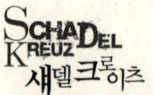

프란시스의 기병대가 알리 뮤리안과 만나기 전의 시각, 파렌과 함께 말을 타고 안개 속을 달려가던 네벨은 안개만 보고 있기가 심심했는지 고개를 돌려 특무상사를 봤다. 그는 테르나에게 앞서 달리며 길을 안내하도록 지시해 놓은 뒤, 자신은 지도를 빤히 보고 있었다.

"특무상사님."

파렌이 지도를 내려 소녀를 봤다.

"말해보렴."

"미스 파브레힐트의 신호탄에 대해 여쭙고 싶습니다. 분명 작전이 성공하면 신호탄을 쏘라고 하셨는데 어째서 문제가 있다고 보신 겁니까?"

"음…… 네벨은 프란츠의 장점이 뭐라고 생각하지?"

"예?"

소녀가 고민하는 사이 파렌은 지도를 접어 품어 넣은
뒤 말의 고삐를 제대로 잡았다.

"미스 파브레힐트는 군인다우시지요."

파렌은 옅게 웃으며 고개를 저었다.

"육감이야."

"육감이라고 하셨습니까?"

"음, 난 어떤 일에 대한 성공과 실패를 가늠하기 위해
자료를 수집하고 잠을 줄여가면서 고민을 하지만 프란츠
는 어느 순간 느끼는 것으로 끝내지. 어렸을 때 그와 관
련된 통계를 내본 일이 있었는데 정확도는 프란츠 쪽이
좀 더 높았어. 난 키르히에게 뭐 하러 고생하느냐는 핀잔
까지 들었지."

"굴욕을 당하셨군요."

파렌은 그녀의 언행이 최근 들어 좀 험해진 것 같다는
생각을 잠깐 해봤다.

'키르히와 붙여놓으면 안 되겠군.'

네벨이 눈을 깜박거렸다.

"특무상사님?"

"아, 본론으로 들어가서…… 내가 아는 프란츠라면 신

호탄을 쏘지 않았을 거야."

확신이 느껴지는 말투였다.

"어제 새벽에 안개가 자욱이 깔리는 순간에도 적들은 아무런 움직임을 보이지 않았어. 이쪽이 어떤 식으로 나올지 뻔히 알 때, 혹은 무슨 일이 발생해도 문제가 없는 전력을 보유하고 있을 때에만 그럴 수가 있지. 그 시점에서 어제 내가 전달한 작전은 무용지물이 된 거야."

"그래서 급히 작전을 변경하신 거군요?"

"급한 건 아니었어. 작전은 항상 두 가지 이상 마련해 놔야 하거든. 지금의 작전은 차선책이지. 덕분에 테르나가 고생을 좀 했어. 하룻밤 만에 작전이 변경됐다는 말을 듣고 좋아할 군인은 아무도 없으니까."

"아하."

"프란츠라면 현장 상황을 파악한 뒤에 신호탄의 사용 여부를 결정했을 거야. 그런데 내 예상을 깨고 프란츠의 신호탄이 제시간에 올라갔지. 내가 이상하다고 판단한 일을 프란츠가 그냥 넘길 리가 없어. 만약 실수가 아니라 사고 때문에 신호탄이 올라갔다면, 프란츠와 키르히에게 무슨 일이 발생한 게 분명해."

"그래서 소녀에게 말씀하신 거군요."

"쓸 수 있는 카드는 전부 쓰고 싶었지. 부하이기에 앞서 가족이니까."

그로부터 몇 분간 더 달린 끝에 그들은 미리 대기하고 있던 보병부대와 무사히 합류할 수 있었다.

백마를 탄 채 보병부대와 함께 있던 데보라가 그들을 다급히 맞이했다.

"모두 무사히 오셔서 다행이군요."

네벨을 옮겨 앉히기 위해 말을 바짝 붙이던 파렌이 의아한 표정을 지었다.

"무슨 말씀이십니까?"

"들판 저편에서 강력한 힘이 느껴집니다. 제 후배들이 안개에 섞은 침묵의 향(香) 때문에 정확히 어떤 상황인지 느낄 수는 없지만, 아무래도 미스 파브레힐트와 펙터 중 사님께 무슨 일이 생긴 것 같습니다."

역시나 사고다. 파렌은 정수리가 뜨끔했지만 내색하진 않았다.

"두 사람의 생사는 느껴지십니까?"

"느껴지지 않습니다. 다만 강력한 냉기가 느껴지는 것으로 봐서 아무래도 니콜라가 나타난 것 같습니다."

"……."

예상했던 상황 중 최악의 상황이 닥쳤음을 느낀 파렌은 침착함을 잃지 않기 위해 노력했다. 하지만 데보라는 걱정으로 안절부절못했다.

"만약 니콜라가 그분들을 공격했다면 두 분의 목숨이

위험할 겁니다. 저번에 당했던 경험이 있으니 그녀도 이번만큼은 진지하게 나오겠지요. 그분들을 구해야 합니다, 특무상사님!"

"작전 변경은 없습니다."

군인다운 말투로 그녀의 제안을 거부한 파렌은 네벨을 안아 들어 데보라 앞에 앉혔다. 데보라는 네벨이 안장에서 떨어지지 않게 잘 잡으면서도 따질 것은 따졌다.

"너무 냉정한 처사입니다! 어째서 그분들을 그냥 두시겠다는 겁니까?"

"그 둘을 위해서 윈드 헨지로 온 모든 병사들을 내팽개칠 수는 없습니다. 또한 그것은 이곳에서 일을 처리하라고 저에게 직접 명하신 호엔 3세 폐하의 뜻을 어기는 일입니다."

"그렇다면 저라도 가게 해주십시오!"

"진정하십시오, 데보라님. 조치는 취해놨습니다."

"예?"

"랑펠 세르바토프님께 그들에 대한 일을 부탁드렸습니다."

"아……."

잠시 말을 잃은 데보라는 곧이어 긴 한숨을 내쉬었다. 그녀가 프란츠와 키르히를 이렇게까지 걱정할 줄 몰랐던 파렌은 그녀를 믿어도 괜찮겠다는 생각을 가볍게나마 가져봤다.

데보라는 앞에 앉은 네벨을 꼭 껴안았다.

"언제 세르바토프님을 부르셨나요, 아가씨? 미리 말씀
이라도 좀 해주시지요."

"죄송합니다, 스승님. 저도 갑작스럽게 요청을 받아서
미처 말씀드릴 틈이 없었습니다."

"괜찮습니다. 랑펠 세르바토프님이라면 조금은 안심이
되는군요."

그녀는 이어서 파렌에게 정중히 고개를 숙였다.

"결례를 범해서 죄송합니다, 특무상사님. 제가 성급하
게 그만……."

"괜찮습니다. 이제부터 지휘는 제가 맡겠습니다. 데보
라님께서는 작전대로 네벨을 잘 부탁드리겠습니다."

"예, 맡겨주십시오."

그녀의 각오에 목례로 답한 파렌은 보병대장들이 있는
곳으로 말을 몰았다.

네벨은 스승을 돌아봤다. 아직 걱정이 사라지지 않은
데보라의 눈이 가볍게 젖어 있었다.

"스승님."

"미안해요, 아가씨. 이 나이에 이러다니……. 주책이라
고 하죠?"

데보라는 바삐 눈가를 훔쳤다.

"자, 어제 배운 것을 복습해 보지요. 마법으로 먼 거리에 있는 상대를 맞히는 것은 쉬운 일이 아니랍니다."

"명심하고 있습니다, 스승님."

제자의 뽀얀 얼굴이 전투를 앞둔 전사의 얼굴처럼 굳어져 있자 데보라의 안색이 다시 흐려졌다.

"괜찮겠어요? 지금은 비록 역전체이자 신성교단의 노예지만 그녀들도 한때는 아가씨와 같은 선량한 마녀였답니다. 마음이 아프다면 하지 않아도 좋아요."

"괜찮습니다, 스승님. 제가 하겠다고 결심한 일입니다. 각오는 되어 있습니다."

데보라는 그렇게 말하고 고개를 숙이는 네벨의 머리를 부드럽게 만져 주었다.

곧이어 오늘 그들이 사용할 마법에 대한 이야기가 시작되었다. 네벨은 맑은 눈으로 스승의 이야기를 경청했다.

"제가 간단한 문제를 내보지요. 주문을 외우는 데 있어서 가장 중요한 3요소에 대해 말씀해 보세요."

"프로토콜(Protocol:교신규약), 채널(Channel:교신공간)의 구축, 디맨딩(Demanding:요청)입니다."

네벨이 명확한 목소리로 답하자 데보라는 고개를 깊게 끄덕였다.

"예, 그렇습니다. 그중에서 가장 어려운 것이 바로 디

맨딩입니다. 신과 정령들에게 자신이 빌릴 힘의 규모와 강도를 요청하는 것은 쉽습니다만, 정확히 어디에 그 결과물을 내달라는 요청을 하는 것은 대단히 힘들지요. 마법사가 좌표에 대한 설명을 장황하게 해버리면 신과 정령들이 짜증을 내버리고, 급기야 빌려주기로 약속했던 힘을 제멋대로 취소해 버리기도 한답니다. 그러니 이 자리에서 간단히 복습해 보지요."

데보라는 안장에 붙은 가방에서 나무로 된 책받침과 종이, 연필을 꺼낸 뒤 그것을 네벨에게 건네주었다.

"저기 보이는 작은 바위를 향해 마법을 사용한다고 생각하고 마법진을 그려보세요."

네벨은 바위를 쓱 보고는 스케치를 하는 화가처럼 빠른 손짓으로 마법진을 그렸다. 실제로 마력을 이용해 마법진을 그리는 것이 더 좋은 방법이지만, 안개를 이용해 기습을 하는 지금 상황에서 진짜 마법진을 그렸다가는 적 본진에서 신경을 곤두세우고 있을 역전체 마녀들에게 위치가 발각되기 때문에 그녀들은 어쩔 수 없이 종이와 연필을 이용하고 있었다.

네벨이 종이에서 연필을 뗐다. 데보라는 스승의 눈으로 종이에 그려진 결과물을 세심히 검토해 봤다.

"훌륭합니다. 역시 바람을 이용하는 마법에 대해서는 특별한 소질을 갖고 계시군요."

칭찬을 받은 네벨은 내심 뿌듯해하면서도 이해가 가지 않는다는 표정을 지었다.

"스승님, 외람되지만 지금 같은 상황에서는 바람의 마법보다는 번개의 마법이 훨씬 더 효율적이지 않겠습니까? 주문이 좀 어렵긴 하지만 위력도 그렇고, 속도도 바람보다 월등히 빠른 것이 번개의 마법이라고 알고 있습니다."

"그렇지요."

난감함이 데보라의 얼굴에 피어올랐다. 다음에 이어질 말이 무엇인지 예상했기 때문이다.

"그런데 어찌하여 스승님께서는 저와 마찬가지로 바람의 마법을 사용하시겠다고 하셨습니까? 저야 물과 바람의 마법 외엔 교신공간을 열 수 없기 때문에 그렇습니다만……."

"아, 그것이…… 후후, 사실 저도 잘 못한답니다."

주름이 살짝 진 데보라의 얼굴이 붉어졌다.

"예?"

"불과 번개의 마법만큼은 이상하게도 교신공간을 여는 데 오랜 시간이 걸리더군요. 그 외에 다른 계열의 마법들은 스승님께도 뒤처지지 않을 자신이 있습니다만……. 아무튼 그 때문에 마음이 아팠죠. 스승님께서는 괜찮다고 하셨지만 혼자 울면서 밤을 샌 적도 많답니다. 아, 어렸을 때의 이야기를 하니 괜히 부끄러워지네요."

데보라는 오른손으로 자신의 볼을 덮었다. 네벨은 그런 스승의 모습을 보고 밝게 웃었다.

보병대장들과 얘기를 끝낸 파렌이 그들에게 다가왔다.

"데보라님, 시간이 다 됐습니다."

"예, 특무상사님."

"안개에 대한 사항은 어찌 됐습니까?"

데보라는 가방에서 회중시계를 꺼냈다.

"지시대로 했습니다만, 괜찮겠습니까? 안개가 걷히면 우리뿐만 아니라 기병대의 위치가 완전히 노출될 겁니다."

"노출되어야 합니다."

"예?"

"페이건 경의 기병대는 계획대로 적과 마주치게 될 겁니다. 현재 전투가 벌어지고 있을 수도 있겠지요. 그쪽 상황은 알 수 없습니다. 보병대와 싸울지, 궁병대와 싸울지, 기병대와 싸울지, 또 그 수가 얼마나 되는지 모르는 상황에서 우리가 페이건 경의 부대를 도울 수 있는 방법은 적의 사기를 꺾는 것 외엔 없습니다. 본진을 지키기 위해 출격한 부대에게 자신들의 본진이 공격당하는 모습을 보여준다면 페이건 경에게 많은 도움이 될 겁니다. 아니, 되길 바라야겠지요."

말은 조심스러웠지만 그는 자신이 택한 방법이 가져올 결과에 대해 확신하고 있었다.

"약속된 위치로 가주십시오, 데보라님."

"알겠습니다."

가벼운 거수경례로 상대의 건투를 빈 파렌은 곧장 등을 돌려 말이 있는 곳으로 갔다.

데보라는 꿈속에서 이야기 속의 주인공을 만난 사람처럼 숨을 죽인 채 파렌의 뒷모습을 지켜봤다. 그녀는 테르나나 프란츠, 네벨뿐만 아니라 키르히처럼 기이한 성격의 젊은이까지 그를 절대적으로 믿고 따르는 이유를 다시금 느꼈다.

'자신의 말이 허무맹랑하지 않다는 것을 몇 번이고 증명했겠지. 스승님은 저 젊은이가 나이트 오브 오미너스(Knight of Ominous)일지도 모른다고 하셨지만…… 아닐 거야.'

선두에 선 파렌은 오른손을 어깨 부근까지 들어 빙글빙글 돌렸다. 그 신호에 따라 보병부대들이 움직였다. 말을 탄 파렌과 테르나는 그들이 걷는 속도에 맞춰 말의 걸음을 조절했다.

안개가 차츰 옅어지기 시작했다. 윈드 헨지 위에서 빛나는 공간왜곡의 문이 파렌의 눈에 뚜렷이 들어왔다.

파렌은 견착대가 미리 장치된 슈트롬 팔켄을 들고 약

실을 열었다. 그는 빈 약실에 녹색으로 칠해진 탄을 넣었다. 테르나는 자신이 잠시 지휘권을 넘겨받았다는 신호를 보병대장에게 전한 뒤 조용히 파렌을 지켜봤다.

파렌이 검에 넣은 것은 총류탄(銃榴彈)이라는 것으로서, 총을 이용해 멀리 날려 보낼 수 있는 일종의 소형폭탄이었다.

그는 슈트롬 팔켄의 총구를 위로 들어 방아쇠를 당겼다. 총류탄은 일반 총탄과 달리 탄두를 날리기 위한 화약이 적게 들어가기 때문에 탄두는 포물선을 그리며 안개 속을 날아갔다. 그와 동시에 보병부대의 질주가 시작됐다.

안개가 옅어지면서 들린 총소리에 역전체 경비병들이 바짝 긴장했다.

"사령관께선 돌아오셨나?"

"아까 돌아오신 것 같네."

"그럼 어서 보고를……."

대화하는 두 경비병 사이에 파렌이 쏜 총류탄이 툭 떨어졌다. 탄은 경비병들이 미처 반응하기도 전에 폭발했다.

"습격! 습격이다!"

역전체들이 허둥대는 사이 파렌과 테르나의 말이 본진의 목책을 넘어 안으로 들어갔다. 그 뒤를 브리스톤 보병대 수백이 함성을 지르며 따라갔다.

보병대들이 이곳저곳에 흩어진 채 허둥거리는 역전체 병사들을 조직적으로 격파하는 사이, 파렌과 테르나는 프란츠가 파악해 온 적 본진의 구조를 떠올리며 막사로 보이는 대형 천막으로 말을 달렸다.

천막 안에 있던 병사 수십 명이 허겁지겁 장비를 갖추고 나오려는 순간 막사의 입구에 파렌의 슈트롬 팔켄에서 터진 산탄이 뿌려졌다. 산탄에 맞은 병사는 아무도 없었으나 그 때문에 역전체들은 나가려던 걸음을 멈출 수밖에 없었다.

그것으로 파렌의 목적은 달성됐다. 뒤이어 테르나가 쏜 백린탄(白燐彈)이 천막을 뚫고 들어갔다. 그 발화용 폭탄이 일으킨 순간적인 화염에 역전체들은 불붙은 해골이 되어 미친 듯이 허우적거렸다. 탄에 맞지 않은 병사들은 막사 전체에 번진 화염에 삼켜져 끝내 밖으로 나오지 못했다.

화염에서 태어난 시커먼 연기가 하늘로 솟았다. 프란시스와 알리 뮤리안이 목격한 연기가 바로 그것이었다.

뒤늦게 자신들의 막사에서 뛰쳐나온 역전체 마녀 넷은 질풍노도처럼 밀려오는 브리스톤 병사들을 막기 위해 주문을 외우기 시작했다. 그때, 새하얀 바람의 줄기가 그들 중 한 명의 머리를 때렸다. 두개골이 박살난 역전체 마녀가 바닥에 풀썩 흩어졌다.

그들이 미처 피할 틈도 없이 또 다른 바람의 줄기가 날아와 다른 한 명을 덮쳤다. 가슴뼈를 관통당한 역전체 마녀는 기운을 잃고 동료의 뼈 위로 흩어졌다.

'바람의 마법?'

다른 이들보다 화려한 로브를 걸친 역전체 마녀가 막사 뒤에 숨어 정신을 집중했다. 두 개의 마력이 대단히 먼 거리에서 발휘되고 있음을 느낀 마녀는 크게 당황했다.

'이 거리에서 마법으로 저격을?'

그녀가 놀라는 사이 세 명째의 마녀가 바람에 강타당해 목숨을 잃었다. 역전체 마녀는 다시금 경악했다.

'이 주문 완성 속도는……? 아젤란도라도 온 것인가?'

또 하나의 바람이 날아왔으나 그 바람은 마녀의 두건만을 아슬아슬하게 스쳤을 뿐, 피해를 입히진 못했다. 하지만 마녀의 놀라움은 계속됐다.

'그것도 두 명이나?'

기어서 이동하려던 마녀의 뒤편에서 말발굽 소리가 맹렬하게 들렸다. 고개를 돌린 역전체 마녀는 즉시 마력의 보호막을 펼쳤다. 그것으로 일단 공격을 막고 반격할 생각을 하던 그녀의 눈에 붉게 달아오른 칼날이 보였다.

보호막을 불태워 찢은 칼날은 마녀의 가녀린 상체를

그대로 갈랐다. 파렌은 멀리 날아가며 흩어지는 마녀의 상반신을 보며 고개를 끄덕거렸다.

'역시 괜찮군.'

그가 다시 말을 달렸다. 불에 담갔던 쇠처럼 달아올랐던 슈트롬 팔켄이 서서히 진정되며 원래의 색을 되찾았다.

맹렬한 말발굽 소리가 파렌의 귀에 들렸다. 그와 함께 철렁거리는 마갑의 소리는 말의 주인이 테르나가 아님을 말해주었다. 말을 돌려 상대를 확인한 파렌은 황금색 갑옷을 입은 역전체가 자신에게 달려오는 모습을 목격했다. 무기를 들진 않았지만 그 기세는 충분히 위협적이었다.

파렌은 역전체의 갑옷을 유심히 봤다. 왕관처럼 투구를 두른 관(冠)은 보석만 박혀 있지 않을 뿐, 그 높이와 형태가 예사롭지 않았다. 전쟁사와 관련된 책에서 그것과 똑같은 투구를 본 일이 있는 파렌은 말을 멈추고 상대를 기다렸다.

파렌 앞에서 멈춘 황금갑옷의 역전체는 껄껄 웃으며 말에서 내렸다.

"미안하게 됐군. 내가 타던 말이 아니라서 자네를 따라 잡기가 힘들었네."

"술탄 직할의 총사령관 급 장교가 남의 말을 빌려 타고 오다니, 의외입니다."

"자네와 비슷한 옷차림의 짐승이 내 말의 다리를 잘라 버렸거든. 후후, 오해하진 말게. 말 값을 청구하려고 온 건 아니니까."

역전체가 싱글싱글 웃었다.

"분위기를 보아하니 자네가 브리스톤 군의 총지휘관이로군. 기병대를 이끄는 장수도 나름대로 괜찮은 친구였지만 자기 일에만 충실한 관상이라 그냥 알리 뮤리안에게 맡기기로 했지."

"당신이 알리 뮤리안의 직속상관입니까?"

"어쩌다 보니 그렇게 됐다네. 그 친구는 칼리프의 명에 따라 움직이는 교단 기병대의 대장이고, 난 자네가 말한 대로 술탄 직속의 장군이라 원래는 같이 움직일 일이 없지만 이번 계획을 위해 내 밑으로 편입했지. 똑똑할뿐더러 일도 잘하는 남자라네. 구태의연한 교단에 남겨두기엔 너무 아까운 남자지. 그보다 그대의 관등성명을 듣고 싶군."

술탄이란 쉬드람 대륙에서 정치적 지도자를 일컫는 칭호이고, 칼리프는 알라하르 교단 최고 지도자가 사용하는 칭호다. 두 칭호의 차이가 어떻다는 것 정도는 아는 파렌은 그를 경계하며 말에서 내렸다.

"바란투로스의 특무상사, 파렌 콘스탄이라 합니다."

"특무상사? 한 연대의 현장지휘관 급이 이런 대단한 일을 벌였단 말인가?"

"안 됩니까?"

"아니네. 감탄사로 이해해 주게. 난 술탄 알 라흐만 노스라푸르님의 근위대장군, 바히드 아이바크라네. 만나서 반갑군."

황금갑옷의 역전체, 아이바크가 칼을 뽑았다. 쉬드람 식의 대형 곡도였는데, 다른 역전체들이 쓰는 칼과 달리 보존 상태가 양호했고 표면에 푸르스름한 기운이 도는 것이 파렌의 눈길을 끌었다.

"좋은 무기를 쓰시는군요."

"자네가 든 그 큰 무기에 비할 바는 아니겠지. 우리 협력자에게 듣기로는 자네가 그 무기에 깃든 불의 힘으로 웨스트리치 대륙을 구했다는데, 사실인가?"

"과거의 이야기일 뿐입니다."

"그래, 아무려면 어떤가."

아이바크는 대담하게 두 팔을 벌렸다.

"젊은 특무상사여, 말에 다시 올라타는 편이 그대의 몸을 위해 좋을 텐데?"

"저보다는 장군의 부하들을 먼저 살피시는 편이 장군의 몸을 위해 좋을 겁니다."

"승부 근성이 있는 친구로군."

아이바크는 자신과의 결전을 준비하는 파렌을 보며 웃었다.

'자네의 눈과 자네의 생각을 내가 붙잡아두면 된다 이거겠지.'

본진에서 전투가 벌어지는 한편, 네벨은 마지막 마녀를 놓쳤다는 자책감에 두 주먹을 쥐고 속상해했다. 파렌에게 마지막 마녀가 사망하는 것을 확인한 데보라는 어린 제자의 어깨를 두드려 위로해 주었다.

"괜찮아요, 아가씨. 은신한 자를 마법으로 맞히는 것은 쉬운 일이 아니랍니다. 저라도 힘들었을 거예요."

"그래도…… 죄송합니다, 스승님."

"저에게 사과하실 일이 아닙니다. 그보다 아가씨, 미안한 부탁을 하나 드려도 될까요?"

"예?"

미안한 부탁이라는 말에 네벨이 깜짝 놀랐다. 데보라는 먼저 말에서 내린 뒤 네벨을 안아 땅에 내려주었다.

"아무래도 걱정이 되는군요."

네벨은 혹시나 하는 생각에 정신을 집중해 봤다. 아까부터 느껴지던 니콜라의 냉기가 본진을 기습하기 전보다 훨씬 강해져 있었다. 절대 안개 탓이 아니었다.

데보라는 네벨의 머리를 매만져 주었다.

"여기서 잠시 기다리셨다가 특무상사님께 가주세요. 저는 펙터 중사님께 가볼게요."

"저도 함께 가겠습니다, 스승님! 아무리 스승님이라고 하셔서도 니콜라는……!"

"미안한 부탁이라고 했죠?"

"들어드릴 수 없는 부탁입니다! 스승님은 소녀보다 중 사님이 더 소중하시다는 말씀이십니까? 그런 것입니까?"

"그렇게 생각지 마세요, 아가씨."

데보라는 두 팔로 네벨의 몸을 감싸 안았다. 그녀를 그렇게 안아보고 싶기도 했고, 더 이상 제자의 얼굴을 봤다가는 영영 이 자리를 뜨지 못할 것 같았기 때문이었다. 그 마음가짐이 드러난 탓인지 네벨의 주황색 눈동자가 불길함으로 굳어졌다.

제자의 체온을 듬뿍 느낀 마법사는 팔을 푼 뒤 밝게 웃었다.

"아가씨를 위한 일입니다. 펙터 중사님은 이후에도 아가씨를 지켜주실 수 있지만 저는 그렇지 못하답니다."

"예?"

네벨은 크게 놀랐다. 소녀는 스승이 지금 한 말을 이해할 수도, 이해하기도 싫었다. 수년 전, 지금과 똑같은 말을 들은 일이 있었기 때문이다.

"가볼게요, 아가씨."

"스승님! 스승님!"

제자의 부름을 뒤로한 데보라는 니콜라의 기운이 느껴지는 곳을 향해 말을 몰았다. 달려서 뒤를 쫓다가 주저앉은 네벨은 가쁜 숨을 토하며 안타까워했다.

"조모님도, 스승님도…… 어째서!"

"페일! 페일!"

키르히가 울부짖으며 달려갔다. 대열의 중앙에서 지휘를 하던 파렌은 대열을 이탈하는 그의 모습을 봤지만 부르진 않았다. 그는 달도 보이지 않는 어둠 속에서 붕괴하기 직전인 부대 전체를 되살려 내야만 했다.

"강습공격진 전원, 방어진 뒤로! 일반 공격진은 총으로 강습공격진을 엄호하라! 방어진은 이중 방어 형태로 대열을 바꿔라!"

강습공격진과 일반 공격진이 허둥거리는 것은 용서할 수 있었다. 하지만 현 상황에서 가장 중요한 위치를 맡은 방어진은 덩치 큰 인형 꼴로 움직이지 않았다.

"오스틴! 오스틴 아몬!"

방어진 중앙에 있던 큰 덩치의 사내, 오스틴이 파렌의 고함을 듣고 움찔했다.

"정신 차리고 지시대로 대열을 바꿔라! 작전을 변경한다!"

파렌의 입에서 궤멸이라는 말은 나오지 않았다. 모든 대원들의 의지가 자신에게 닿아 있는 상황에서 자신이 그런 단어를 사용했다가는 일말의 희망까지도 사라져 버릴 수 있었다.

쓰러진 붉은 코트의 남자와 그를 구하겠다며 달려간 키르히를 그렁그렁한 눈으로 바라보던 오스틴은 고개를 세게 흔들고 외쳤다.

"전원 이중 방어 대열로 전환! 움직여! 움직이란 말이야!"

그의 포효에 정신을 차린 방어진 멤버들은 중장갑옷으로 감싼 몸을 재빨리 움직여 대열을 바꿨다.

그들이 바짝 세운 방패를 향해 고어들이 달려들었다. 시체를 뭉쳐 만든 듯한 그 괴물들은 손과 발을 야만적으로 휘두르고 몸통박치기를 하여 크로이츠 방어진을 무너뜨리기 위해 안간힘을 다했다.

강습공격진과 일반 공격진은 원래 쓰던 카노네 블라트 대신 총을 꺼내 사격을 개시했다. 그들의 정확한 사격에 고어들이 하나둘씩 쓰러졌다. 그러나 이미 기세가 꺾인 크로이츠 멤버들의 정신은 절망의 구렁텅이에서 허우적거리고 있었다.

고어 한 마리가 방패를 밟고 뛰어올라 방어진을 넘어 갔다. 방어진을 벽으로 삼고 있던 강습공격진과 일반 공 격진 모두 경악했다. 지금 뛰어오른 고어가 대열 안쪽에 서 난동을 부린다면 사상자의 추가는 피할 수가 없었다.

"전원 현재 행동 유지!"

저음의 외침과 함께 누군가가 대열 속에서 움직였다.

착지 직전의 고어가 크게 꿈틀거렸다. 매의 날개를 연 상시키는 대검의 칼날이 고어의 가슴과 등판을 꿰뚫고 있었다.

급히 검을 뽑은 파렌은 몸을 돌렸다. 그는 슈트롬 팔켄 에 걸린 원심력을 그대로 살려 고어의 머리를 내려쳤다. 둘로 나뉜 고어는 부르르 떨다가 양쪽으로 쓰러졌다.

파렌은 고어의 시신을 밟고 올라섰다.

"우선 고어들의 숫자를 줄인다! 계단을 오른다고 생각 하고 침착하게 사격하라! 유리한 쪽은 우리다! 승리를 우 리 것으로 하기 위해 그동안 보낸 시간을 떠올려라, 크로 이츠!"

"예, 특무상사님!"

"사격을 계속하라, 크로이츠! 목표를 하나씩, 차근차근 제거하라!"

리더의 지시에 따라 크로이츠들이 싸우는 한편, 키르 히는 삶과 죽음의 경계선에 서 있는 동료를 뒤에 둔 채 고어들과 혼자 싸웠다.

시더 고어에게 맞아 날아간 붉은 코트의 크로이츠, 페일 슈페르거의 몰골은 참담했다. 몸의 왼쪽 절반이 우그러들어 있었다. 머리를 맞진 않았지만 충격에 목이 꺾여서 몸과 머리의 각도가 비정상적이었다. 각 부위의 피부를 뚫고 나온 뼈가 피를 땅으로 흘려보냈다. 시더 고어에게 맞은 인간의 전형적인 모습이었다.

그 상태에서도 페일은 눈을 뜨고 있었다. 그러나 그가 감지하는 세상은 검기만 했다. 꺼져 가는 그의 귀에 키르히의 목소리가 들렸다.

"정신 차려, 페일! 형아, 정신 차리란 말이야!"

"어…… 컥……!"

입을 움직이는 페일의 입에서 핏물이 울컥 올라왔다. 그 모습에 키르히는 분루를 흘렸다.

"이게 뭐야! 붉은 날개의 기사가 이게 무슨 꼴이야!"

"마녀…… 가."

"뭐?"

"그건…… 너라고…….."

페일의 머리에 뭔가가 떨어졌다. 두꺼운 각질에 둘러싸인 시더 고어의 주먹이었다. 키르히는 황급히 뒤로 물러나 싸울 준비를 했지만 시더는 그를 보지 않고 페일의 남은 몸을 주먹으로 철저히 뭉갰다. 이미 페일의 몸은 사람의 몰골에서 한참 벗어나 있었다.

그 끔찍한 광경을 두 눈으로 지켜보던 키르히는 이성을 잃었다.

"이 자식이!"

달려들려는 키르히 쪽으로 시더가 고개를 돌리며 주먹을 휘둘렀다. 철퇴와도 같은 괴물의 주먹에 맞은 키르히는 하늘로 둥실 떠올랐다가 바닥에 떨어졌다.

시더가 무거운 발소리를 내며 저편으로 걸어갔다. 숨도 못 쉴 정도의 격통 속에 키르히는 고개를 들어 페일이 있던 자리를 봤다.

움푹 파인 그 자리에는 참담한 시신 대신 다른 것이 있었다. 키르히 자신의 도펠 슈트롬이었다.

"아!"

정신을 차린 키르히는 도펠 슈트롬에 시선을 고정한 채 눈을 몇 번이고 깜박거렸다. 지금은 페일 슈페르거가 죽은 밤이 아니라 낮이었다. 그리고 그가 본 것은 기절한 사이에 꾸었던 과거의 잔재였다.

그것을 깨달은 키르히는 기침을 크게 하며 도펠 슈트롬을 들었다. 다른 한쪽의 도펠 슈트롬은 이미 왼손에 쥐고 있는 상태였다.

'어찌 된 거지?'

그리 멀지 않은 곳에서 강철의 울부짖음이 들렸다. 키

르히는 그곳을 봤다. 중장갑옷을 입은 큰 덩치의 노인이 니콜라와 격전을 벌이고 있었다. 니콜라가 든 푸른색의 반투명한 대검과 노인의 리제뉴 대검이 주변의 대기를 찢어놓을 정도로 격렬하게 충돌했다.

'랑펠 할아범?'

머리를 흔들며 현재 상황에 대해 떠올려 본 그는 이윽고 인상을 찡그렸다. 니콜라와 싸우던 도중 맞아서 기절한 사실이 망각의 껍질을 깨고 빠르게 퍼졌다.

그는 불규칙한 호흡을 정돈하며 랑펠과 니콜라의 싸움을 지켜봤다.

'잘 싸우네, 할아범.'

눈물이 고이는 것을 겨우 참은 그는 이를 악물었다.

'난 뭐야? 빌어먹지도 못할 쓰레기 같잖아?'

약한 생각이 그의 마음을 좀먹어갔다.

그가 처음 자신의 존재 가치에 대해 고민하게 된 것은 열두 살이 될 무렵이었다. 당시 키르히는 걸핏하면 터지는 폭언과 이기적인 행동으로 인해 똑같이 사춘기에 접어든 동료들에게 본격적으로 따돌림을 당했고, 파렌은 반대로 리더로서의 입지를 확실히 다졌다.

입장 차이가 심해지면서 키르히는 파렌을 피했다. 그러나 파렌은 중요한 훈련이 있을 때마다 키르히를 추천하여 그가 있을 자리를 항상 마련해 주었다. 그에 부담을 느낀 키르히는 파렌과 거리를 두기 위해 안간힘을 썼지만 파렌의 지목은 계속됐다.

결국 키르히는 날을 잡고 파렌의 개인 물품을 부수며 난동을 부렸는데, 그런 그의 행동은 파렌의 설득으로 일단락됐다.

지금, 흔들리는 키르히의 머릿속에 그때 파렌이 해준 말이 떠올랐다.

"널 싫어하는 사람은 많지만 내가 너에게 일을 맡기는 것까지 싫어하는 사람들은 없어. 그건 내 선택을 인정하기에 앞서 네 능력을 인정하기 때문이야. 내 능력이 아니라 네 능력 말이야."

키르히는 오른쪽 도펠 슈트롬으로 땅을 찍고 일어났다.

"곁에 두긴 싫은데…… 목숨은 맡길 수 있다고?"

중얼거린 키르히가 웃었다. 그의 얼굴이 다시 한 번 참살에 대한 광기로 물들어갔다.

"뭐야, 제기랄. 나란 놈, 지금 생각해 보니 멋지잖아? 하하하!"

한편, 한참 동안 서로의 무기를 때린 랑펠과 니콜라가 좌우로 떨어졌다. 상대가 당장 달려들지 않을 것이라 느낀 랑펠은 갑옷에 묻은 서리를 털어내며 힘 빠진 웃음소리를 냈다.

"정말 어렵군. 검술 초보를 상대로 이렇게 고생하다니, 나도 정말 늙은 모양이야."

날에 손상이 간 자신의 얼음검을 냉기로 회복시키던 니콜라는 그 말을 듣고 피식 웃었다.

"당신 때문에 다친 내 마음은 어떻게 보상할 거지? 키르히 펙터를 거의 잡을 뻔했다고. 주인님께 큰 선물을 해 드릴 수 있었어! 그런데 갑자기 나타나서 방해를 놓다니, 용서 못해!"

랑펠이 검을 고쳐 잡았다.

"말버릇이 나쁜 아가씨는 자고로 엉덩이를 두드려 줘야 하는 법이지. 자, 계속해 보시겠나, 천요여?"

전의를 불태우던 노인검사는 니콜라의 표정이 갑자기 변하는 것을 보고 행동을 멈췄다. 소녀의 귀엽고도 매서운 초점이 자신이 아니라 자신의 뒤쪽에 쏠린 것을 확인한 랑펠은 뒤를 돌아볼지, 아니면 틈을 노려 공격을 할지 고민했다.

'놓치기엔 너무 좋은 기회지.'

그가 공격을 선택하고 움직이려는 순간이었다.

누군가가 발로 그의 둔부를 걷어찼다. 그로 인해 중심을 잃고 앞으로 고꾸라진 랑펠은 당황하여 뒤를 봤다.

"허어……?"

랑펠은 어이가 없었다. 아까 가까스로 구해냈던 키르히가 자신을 지나쳐 니콜라를 향해 걸어가고 있었기 때문이다.

"멈추게, 키르히 펙터!"

"엉?"

키르히가 이상한 소리를 내며 고개를 돌렸다. 순간 랑펠은 그의 표정을 보고 또 한 번 당황했다.

"자네, 제정신인가?"

키르히는 어깨를 들썩이며 웃었다.

"물론이야, 할아범. 나 지금 기분 최고라고. 그러니 내 먹이에 흰털 붙이지 말고 썩 꺼져."

랑펠이 얼른 일어나 그의 어깨를 붙잡았다.

"머리를 맞아서 어떻게 된 모양인데, 그만 하고 정신 차리게! 저 아가씨는 자네가 당해낼 수 있는 상대가 아니야! 인간이기를 포기한 나조차도 당해내기 힘든 괴물이라고! 그리고 자넨 아직 죽기에 너무 젊어!"

"젊다고? 흐, 이상한 말로 날 현혹하지 마."

기묘한 톤의 목소리로 그의 설득을 거부한 키르히는 다시 니콜라 쪽으로 움직이려 했다. 하지만 랑펠도 고집이 있었다.

"자네에게 기대하는 사람이 한둘인 줄 아나? 그 기대를 저버릴 셈인가?"

"알고 있어. 덕분에 요 며칠 동안 부탁이니 뭐니 들어 주느라 정신이 없었지. 이봐, 말이 된다고 생각해? 날 좋아하는 사람들이 생겼단 말이야."

"문제될 일이 아니지 않나? 지금 자넨 미쳤어!"

망설임이 키르히의 눈동자에 스쳐 지나갔다.

"죽으면 안 된다는 생각이 들었어. 태어나서 처음으로."

잠깐 떠오른 선한 눈빛을 살기가 빠르게 먹어치웠다.

"근데 사치였어."

키르히의 어깨를 덮은 랑펠의 손가락 사이에서 붉은 아지랑이가 피어올랐다. 더불어 키르히의 체온이 급격히 올라갔다.

"자네……?"

키르히는 턱으로 윈드 헨지 쪽을 가리켰다.

"더 무서운 놈이 저기 있어. 가서 프란츠 누나를…… 아니, 모두를 구해줘."

"……."

"자, 꺼져. 가서 할 일을 하라고!"

그는 어깨에 힘을 주어 노인검사의 손을 뿌리쳤다. 랑펠은 무안해진 손을 천천히 내렸다.

'말이 통할 분위기가 아니군. 네벨 아가씨의 명을 거역할 수는 없지만…… 여자 아이가 이해할 수 있는 영역도 아니지.'

홀가분한 얼굴이 된 노인검사는 검지로 콧수염 위를 긁었다.

"그러다가 획 죽으면 나만 귀찮아진다네. 못해도 팔이나 다리 하나쯤은 날려줘야 의미가 있을 게야."

"마음에 드는 부위가 있으면 말만 하라고."

비로소 키르히의 표정이 밝아졌다. 그 모습에 노인은 고개를 끄덕거렸다.

"건투를 빌지."

랑펠은 니콜라 쪽을 한 번 본 뒤 윈드 헨지 쪽으로 달려갔다. 키르히와 랑펠의 대화를 조용히 듣고 있던 니콜라는 기다리기가 지루했는지 기지개를 쭉 켰다.

"부위니 뭐니, 너무 잔인한 거 아냐? 무슨 살인마 같잖아?"

"나 원래 그런 놈이야."

퉁명스런 대답에 니콜라는 입술을 앞으로 내밀고 표정을 구겼다.

"근데 괜찮겠어? 그 옷 말인데, 지금 당신의 생명을 갉아먹고 있다고."

키르히가 어깨를 으쓱했다.

"상관 마. 전부터 느낀 건데, 넌 남 생각을 지나치게 하는 경향이 있어."

"그게 나빠?"

"어이, 난 네 적이라고."

"여유야, 여유. 한 대 맞고 쓰러진 적에게 부리는 여유."

여유라는 것을 강조한 니콜라는 자신의 얼음검을 키르히 쪽으로 뻗었다.

"하지만 생각을 바꿔야겠네. 지금 당신의 얼굴 말이야, 그 작은 요새에서 봤을 때와 똑같아졌어. 지금 와서 말하지만 그때 진짜 무서웠거든."

"칭찬으로 이해할게."

몸을 숙인 키르히는 정신을 집중했다. 그의 갈색 머리 사이로 보이는 벽안이 니콜라의 움직임을 따라 정밀하게 움직였다.

도중에 그는 붉은 아지랑이가 미세하게나마 올라오기 시작한 자신의 옷을 살폈다.

'압궤? 아냐, 딱히 문제가 느껴지진 않아. 이 정도면 죽진 않을 거 같네.'

그의 안면에 굵은 주름이 잡혔다.

'무슨 생각이냐, 키르히! 죽이는 것만 생각해, 죽이는 것만! 그게 네 값어치를 증명하는 일이란 말이다!'

자책한 키르히의 눈에 얼음의 대검을 들고 뛰어오른 니콜라의 파란 모습이 들어왔다. 뛰어오르는 속도가 놀라웠지만 떨어지는 쪽이 더 문제였다. 가녀린 소녀의 몸이 만들어낼 수 있는 낙하 속도가 아니었다.

　뒤로 움직여 검을 피한 키르히는 즉시 몸을 숙였다. 니콜라가 검으로 땅을 치자마자 다리를 휘둘렀다. 돌려 차는 궤도에 맞춰 하얀색의 기운이 부채꼴로 퍼졌다. 냉기와 함께 공기에 전해진 충격이 키르히의 고막을 때렸다. 거의 초자연적인 현상에 가까웠다.

　키르히가 일어나며 칼을 휘둘렀다. 대검으로 그의 오른쪽 칼날을 막은 니콜라는 검을 잡은 손에 힘을 넣었다. 그러자 키르히의 두 발이 땅에서 떨어졌다. 완력에 밀려 공중에 떠버린 키르히는 니콜라가 검을 내리고 자신을 향해 뛰어오르는 모습을 봤다. 양측에 흐르는 시간이 아예 다르게 보일 정도로 대단한 속도였다.

　뛰어오르던 니콜라는 키르히의 왼쪽 칼끝이 자신에게 향해 있음을 보고 흠칫했다.

　'반응했다고?'

　니콜라는 키르히의 옷이 어떻게 주인의 몸을 보호하고 힘을 더해주는지 파악하고 있었다. 몇 날 며칠 고민한 게 아니라 그냥 떠오르는 그대로 자연스럽게 이해한 것이다. 그래서 그녀는 키르히를 이해할 수 없었다. 반응 속도는 코트가 보조하는 부분이 아니었기 때문이다.

　그때 키르히가 방아쇠를 당겼다. 안전장치는 일찌감치 풀려 있었다. 두꺼운 탄환이 도펠 슈트롬의 총구에서 튀어나가는 순간 니콜라가 공중에서 좌우로 움직였다. 마치 뺨을 때리듯, 날아오는 탄환을 왼손으로 밀친 그녀는 그 상황에서 다시 가속해 키르히의 머리 위로 떠올랐다.

'잡았다!'

대검을 뒤로 치켜든 그녀가 확신하는 찰나, 키르히가 팽이처럼 몸을 틀더니 오른쪽 총구를 니콜라에게 맞췄다.

니콜라는 황급히 검을 휘둘렀다. 방금 전처럼 움직여서 탄환을 쳐내기에는 거리가 너무 가까워서였다.

키르히가 쏜 탄환이 니콜라의 검에 맞았다. 리제늄 탄두를 정면으로, 그것도 어설프게 때린 탓에 니콜라의 검에 큰 충격이 들어갔다.

덕분에 무사히 착지한 키르히는 황급히 도펠 슈트롬의 약실을 열고 탄환을 다시 장전했다. 방금 쏜 것과 똑같은 리제늄 철갑탄이었다.

"빌어먹을, 난 왜 안 되는 거야!"

실력을 탓하는 게 아니라 니콜라처럼 공중에서 전후좌우로 움직이지 못하는 것에 대한 한탄이었다. 사격으로 그녀의 검이 깨진 것은 키르히에게 있어서 큰 기회였다. 그러나 몸에서 뿜어내는 냉기를 추진력으로 삼는 니콜라와 그런 수단이 전혀 없는 키르히의 차이는 근본적으로 극복할 수 없는 문제였다.

니콜라는 깨진 칼날을 급히 회복시키는 한편 방금 느
낀 황당함을 곱씹었다.

'어떻게 된 거지? 저 남자, 내 움직임에 반응하고 있잖
아?'

그녀는 계속 생각해 봤지만 이해가 가지 않았다.

'인간이? 무슨 수로?'

키르히는 그녀의 심리적 틈을 놓치지 않고 달려들었
다. 하나 그것은 섣부른 판단이었다.

그가 움직이는 것과 동시에 니콜라가 무기에 대고 있
던 왼손을 키르히를 향해 뻗었다. 깨진 칼날을 회복시키
기 위해 흘러나오던 대량의 냉기가 키르히를 덮쳤다.

냉기는 니콜라에게 있어서 강력한 공격 수단이자 분신
이었다. 그녀는 선천적으로 뿜어낼 수 있는 그 풍부한 냉
기로 사물을 자유롭게 냉각시킬 수 있을 뿐만 아니라 물
건을 붙잡고 옮길 수도 있었다. 그것은 마법사나 마녀조
차도 불가능한 힘이었다.

그 힘에 키르히가 저항할 수 있는 수단은 오로지 노스
페라투뿐이었다. 옷에 깃든 방한 능력과 물리방어 능력
은 1차로 닥쳐온 냉기의 폭풍과 무지막지한 압력을 막아
주었다. 키르히 주변의 수풀들은 가혹한 냉동건조의 충
격을 이기지 못하고 가루가 되었다.

그를 덮친 냉기가 거인의 주먹처럼 키르히를 붙들더니

그를 압사시킬 기세로 뭉치기 시작했다. 냉기는 그의 몸 전체, 심지어는 귀와 코, 입까지 밀려들어 왔다.

거기까지만 해도 괜찮았다. 키르히의 육체는 데보라가 그를 위하여 특별히 작성해 준 알고리즘에 의해 코트의 표면만큼이나 단단히 보호되고 있었다. 하지만 문제는 따로 있었다.

'호흡이……!'

냉기는 그가 들이마셔야 할 공기까지 차단하고 있었다. 확실한 기회를 잡았다고 생각한 니콜라는 냉기의 압력을 높이며 깔깔 웃었다.

"허무하네, 키르히 펙터. 꼴사납게 질식사라니, 너무한 거 아니야?"

키르히의 몸 전체가 경련을 일으키고 얼굴의 혈관이 부풀었다. 이제 남은 것은 의식을 잃는 것뿐이었다.

하지만 키르히에겐 운이 있었다.

갑자기 키르히의 허리 뒤쪽에서 큰 폭발이 일어났다. 그로 인해 냉기가 흩어지면서 키르히는 자유를 얻었다.

"아니?"

니콜라는 상대를 다시 잡기 위해 냉기를 뿌렸으나 키르히는 빠른 몸놀림으로 상대의 공격을 피했다.

풀리려는 의식을 꽉 붙들고 안전거리 밖으로 나간 키르히는 숨을 마구 몰아쉬었다. 그러면서 허리에 벨트처럼 찬 탄약대를 풀었다.

'종교 활동에 대한 생각을 진지하게 해봐야겠는데?'

그가 옆에 던진 탄약대엔 폭탄과 탄환이 든 가방이 붙어 있었는데, 가방은 폭발의 영향으로 활짝 열려 있었다. 키르히 자신과 달리 가방은 마법의 보호를 받을 수 없기 때문에 냉기의 압력을 이기지 못하고 폭발해 버린 것이다.

키르히는 검게 그을린 코트 등판을 털며 호흡을 진정시켰다.

'좋아, 어떻게든 살아났어. 다음엔 어쩌지?'

남은 탄환은 지금 검에 장전되어 있는 두 개뿐이었고 그 외의 장비는 잘 쓰지 않는 단검 하나뿐이었다. 어차피 도펠 슈트롬만 가지고 결판을 내는 스타일의 키르히였지만, 지금은 어떻게든 다른 수단을 생각하지 않으면 안 됐다.

그는 여태껏 자신과 생사를 함께해 온 파트너, 도펠 슈트롬이 이렇게 미울 수가 없었다. 니콜라를 공격하기에는 너무 부족한 무기였다. 정제된 리제뉴으로 만들어졌다는 사실, 그리고 탄을 쏠 수 있다는 것 외엔 특별한 의미가 없었다.

'길이를 조금 더 늘릴 수 없나? 냉기를 자를 수만 있어도 좋아! 어이, 신들! 지금 당장 어떻게 안 되겠냐고! 불쌍

한 사람 하나만 좀 구해줘! 동물의 피라면 정육점에서 얼마든지 구해줄게!'

칭얼거림에 가까운 소원이었다. 그는 바닥을 차고 바위를 부수는 등 신경질을 내며 자신에게 걸어오는 니콜라를 보고 두 칼의 자루를 무의식적으로 꽉 잡았다.

'어?'

한순간 키르히의 얼굴 한쪽이 밝아졌다.

'이거, 이거?'

니콜라의 표정이 더부룩해졌다.

"뭐가 그렇게 신이 난 거야?"

"어른들의 사정이야!"

왠지 모르게 신이 난 키르히가 니콜라에게 다시 달려들었다. 얼음 대검을 완전히 회복시킨 니콜라는 냉기를 일으키며 그와 맞설 준비를 했다.

니콜라의 대검과 키르히의 오른쪽 도펠 슈트롬이 충돌했다. 힘의 차이로 인해 키르히는 공중으로 다시 붕 떴다. 니콜라는 이번에도 그를 추적하기 위해 뛰어올랐지만 표정은 그냥 그랬다. 손에 전해진 감각이 이상했기 때문이다.

키르히는 니콜라가 자신에게 전해준 힘을 이용해 서커스를 하듯 몸을 반전시켰다. 검을 든 손을 아래로, 다리를 위로 올린 그의 모습은 거의 곡예에 가까웠다.

그가 양손의 방아쇠를 동시에 당겼다. 날아오는 탄환을 간단히 피한 니콜라는 대검을 길게 쳐드는 한편 냉기를 키르히 쪽으로 이동시켰다. 그의 두 발과 왼팔이 냉기에 감겼다. 그는 오른팔까지 감기는 것을 막기 위해 난리 법석을 부렸다.

"무리야, 키르히 펙터! 아무 힘도 없는 리제뉴 칼날로는 어림도 없어!"

니콜라가 키르히를 대검의 간격 안에 넣는 순간이었다.

"골드라던가, 슈퍼라던가!"

키르히의 기합이 터졌다. 뒤이어 새파란 섬광이 니콜라의 대검을 때렸다. 검술 동작 과정에 일격을 당한 니콜라는 크게 휘청댔다.

키르히는 팔다리를 붙잡은 냉기를 오른손의 도펠 슈트롬으로 베어냈다. 칼날이 아니라 도펠 슈트롬의 대구경 총구에서 뿜어지고 있는 푸른색의 빛으로 잘랐다.

역시 착지한 키르히는 왼손에 든 도펠 슈트롬에 정신을 집중했다. 파렌조차 인정한 그의 집중력이 도펠 슈트롬에 집중되면서 텅 빈 총구로부터 파란 빛이 밀려 나왔다.

그 두 빛은 길고 늘씬한 칼날의 모습을 이루고 있었다. 하지만 무게는 느껴지지 않았다. 키르히의 손에 걸리는 무게는 도펠 슈트롬의 무게에서 한 치의 오차도 없었다.

엉겁결이긴 했지만 니콜라의 대검과 냉기에 모두 대항할 수단을 얻게 된 키르히는 자랑하듯 크게 웃었다.

"이걸 누구한테 자랑해야 하지? 응? 이걸 어떻게 휘둘러야 잘 휘둘렀다는 칭찬을 받을 수 있지? 하하하하!"

골치가 아파진 니콜라는 미간을 찡그린 채 볼을 부풀렸다.

"아, 짜증나! 짜증난다고!"

냉기 덩어리가 거대한 환형동물처럼 세 가닥으로 나뉘더니 키르히를 향해 돌진했다.

"그게 아니야!"

키르히의 광검(光劍)이 냉기를 간단히 가르고 잘랐다. 그는 마지막 공격 자세에서 곧장 몸을 틀어 니콜라를 향해 뛰었다.

"네 육질의 느낌이 궁금하단 말이다!"

오른쪽 칼로 니콜라의 검을 밀어낸 키르히는 왼쪽 칼을 그녀의 가슴으로 밀어 넣었다. 찰나, 육각형의 얼음판들이 뭉치면서 키르히의 광검을 막아냈다.

니콜라는 대검을 양손으로 고쳐 잡은 뒤 키르히에게 달려들었다. 보통 사람이라면 눈을 뜨고도 인식하지 못할 정도의 신속(迅速)이었지만 키르히의 눈엔 바람 때문에 머리카락이 흩어지면서 활짝 드러난 니콜라의 이마와 모근의 구멍까지 뚜렷이 보였다.

"하앗!"

두 개의 광검이 교묘한 각도로 움직였다. 평상시 키르히가 적의 머리와 허리를 동시에 끊을 때 쓰는 시간 차 공격이었다.

공격이 적중하기 직전, 니콜라의 몸이 흔들리는가 싶더니 갑자기 사라졌다. 급가속이었다. 움찔한 키르히는 생각을 포기하고 자신의 느낌이 말해주는 곳을 향해 몸을 돌려 왼쪽 칼을 휘둘렀다.

섬광이 터졌다. 키르히의 뒤를 노렸던 니콜라의 얼음 대검과 키르히의 왼쪽 광검이 번갯불을 연상시키는 에너지의 충돌을 동반한 채 힘을 겨뤘다.

키르히가 즐겁게 외쳤다.

"이 정도 속도였다 이거지? 좋아, 맞춰줄게! 맞춰준다고!"

"으윽!"

두 사람 사이에 난전이 펼쳐졌다. 두 사람이 잡고 있는 초자연적인 무기들 앞에 수풀과 땅은 힘없이 꺾이고 패이면서 근방은 순식간에 죽음의 땅으로 변했다.

속도까지 동일해지면서 상황은 키르히 쪽으로 점점 유리하게 변했다. 그 때문인지 코트에서 날아가는 붉은 아지랑이의 양은 대폭 증가한 상태였다. 하지만 키르히는 특별한 이상을 느끼지 못했다. 그러나 그의 옷은 통증을 동반하지 않은 중병(重病)처럼 그의 미래를 저승 쪽으로 끌어당기고 있었다.

한편, 말을 달려 키르히에게 가던 데보라는 멀리서 현란하게 충돌하는 두 개의 광검과 냉기의 대검을 보고 말을 잃었다.

'저건 크라프트 블라트(Kraft Blatt: Force Blade)!'

그녀는 아젤란도가 키르히의 도펠 슈트롬을 강화시킬 때 넣은 비밀스러운 기능이 무엇인지 알고 있었다.

크라프트 블라트, 브리스톤 식으로 바꿨을 때 포스 블레이드가 되는 이 기능은 정제된 리제뉴에 마력을 넣어 사용자의 힘을 반발성이 강한 힘으로 바꿔주는 것인데, 마법을 어느 정도 익힌 사람 수준의 정밀한 집중력이 없이는 발휘될 수 없는 기능이기 때문에 데보라는 일부러 키르히에게 말을 하지 않고 여지만 남겨두었다. 그런데 지금 키르히 스스로 그 기능을 찾아 발휘하고 있었다.

'의지력이라는 말로 설명할 수 있는 상황이 아니야. 중사님은 도대체……?'

감탄도 잠시, 니콜라가 갑자기 키르히에게 냉기를 뿌린 뒤 공중으로 떠올랐다. 그리고는 자신의 모든 힘을 최대로 방출하기 시작했다. 니콜라를 중심으로 뿜어지던 냉기는 점점 결정화되더니 빙산이라고 말해도 문제될 것이 없는 수준의 거대한 얼음 덩어리로 변했다.

안개는 완전히 걷혀서 눈만 좋으면 들판 전체를 볼 수 있는 상황이 됐다. 겨울 햇빛은 따가울 정도로 밝고 무심했다.

하지만 건물 몇 개 규모의 얼음이 만든 그림자 때문에 햇빛 구경을 할 일이 없는 키르히는 자신에게 뾰족한 끝을 맞추고 있는 얼음 덩어리와 얼음덩이 밑에서 팔짱을 끼고 있는 니콜라를 저주스러운 눈으로 바라봤다.

"좀 심한 거 아냐?"

"내가, 니콜라가 이만큼 화가 났다는 뜻이야!"

"오, 그러셔?"

키르히는 크게 걱정하지 않았다. 어차피 큰 덩어리일 뿐, 속도를 최고로 발휘해 피하기만 하면 이쪽이 절대 유리하다는 것이 그의 생각이었다.

그런 그의 생각을 갖고 놀 듯 얼음 덩어리에 균열이 가더니 수를 셀 수 없는 얼음의 대검들로 변해 반구형으로 하늘을 가득 메웠다.

그 압도적인 모습에 키르히의 입에서 실소가 터졌다.

"나 지금 사과하면 안 될까?"

"그 농담도 싫어!"

얼음의 대검들이 떨어졌다. 고민할 틈조차 잃어버린 키르히는 이를 악물었다.

그때, 두 개의 거대한 바람이 키르히에게 떨어지는 얼음의 대검들을 부수고 뚫었다. 마법이 날아온 방향을 본 니콜라는 달려오는 말에서 떠올라 키르히에게 날아가는 데보라의 모습을 봤다.

　"마법사 따위가!"

　갑작스런 데보라의 등장에 놀란 것은 키르히도 마찬가지였다. 키르히의 옆에 착지한 그녀는 땀을 뻘뻘 흘리며 다음 주문에 들어갔다.

　"여사님, 왜 왔어요?"

　주문에 열중한 데보라는 대답하지 않았다. 그녀는 이제 곧 니콜라의 분노가 쏟아짐을 직감하고 있었다.

　니콜라의 공격이 어김없이 개시됐다. 위험을 느낀 키르히가 데보라의 몸을 감싸려는 순간 두꺼운 폭풍의 장벽이 그녀가 만든 마법진에서 터지며 얼음 대검들의 공격을 막아냈다.

　급하게 마법을 발동시킨 데보라는 숨을 헐떡이며 무릎을 꿇었다.

　"여사님!"

　데보라는 자신을 부축하는 키르히를 보며 힘겹게 웃었다.

　"대단하지만, 역시 당신은 무모한 분이시네요. 이러니 제가 걱정을 안 할 수가 있나요?"

"……."

"절 일으켜 주세요. 다리가 풀렸네요."

키르히는 얼른 그녀를 일으켜 주었다. 항상 쓰던 망사 모자를 벗은 그녀는 머리 형태를 고정하고 있던 핀까지 뽑았다. 대단히 긴 그녀의 머리카락이 그녀의 등판과 키르히의 팔뚝 위로 쏟아졌다.

"원래 무슨 색이었어요?"

키르히는 옷감 색을 묻듯 그녀의 빛바랜 머리카락을 보며 물었다. 주문을 준비하던 데보라는 이 상황에서 어떻게 그런 질문이 나올 수 있냐는 얼굴로 웃었다.

"금발이었을 거예요."

그녀의 미소가 곧 사라졌다.

"잘 들으세요. 장벽이 우리를 오랫동안 지켜줄 수는 없을 거예요."

키르히는 폭풍의 장벽 밖을 봤다. 얼음의 대검들은 장벽에 부딪쳐 깨졌다가 다시 올라가 원래의 모습으로 돌아온 후 떨어지는 것을 무한히 반복하고 있었다.

"제가 다른 마법으로 틈을 만들어볼게요. 중사님은 그 틈을 이용해 니콜라를 공격하세요. 그녀를 꼭 죽이실 필요는 없어요. 니콜라가 피하기만 해도 이 검의 지옥은 끝나니까요. 그다음에는 우리 둘이서 공격해 봐요. 알았죠?"

"하지만 여사님께서 여기 계시면 네벨이……!"

"아가씨는 괜찮으실 거예요. 하지만 중사님은 문제아
잖아요."

"아, 그게…… 하아."

키르히는 얼굴이 붉어진 채 어찌할 바를 몰랐다.

그들은 몰랐지만 장벽 안의 모습은 니콜라에게 큰 자
극을 주었다.

"저 할머니는 뭐야! 내 키르히 펙터를 유혹하지 마!"

니콜라가 자신의 대검을 들고 장벽을 향해 돌진했다.

"아!"

데보라의 눈이 크게 벌어졌다. 키르히와 대화를 하느
라 장벽에 대한 강화 마법이 늦어진 지금, 니콜라의 가공
할 만한 직접공격을 받아낼 수 있는 수단은 어디에도 없
었다.

"중사님!"

그녀가 키르히를 밀쳤다. 사실 밀칠 필요도 없었다. 질
투에 휘말린 니콜라의 표적은 처음부터 데보라였다.

데보라의 눈앞 풍경이 흔들렸다.

"크아아아악!"

뭔가에 밀려 쓰러진 그녀의 귀에 키르히의 비명이 들
렸다. 니콜라의 대검 끝이 키르히의 어깨 아래를 깊게 찌
르고 있었다.

"주, 중사님!"

폭풍의 장벽이 사라졌다. 우박처럼 떨어지던 얼음의 대검들이 공중에서 멈췄다.

키르히의 어깨에서 검을 뺀 니콜라는 얄궂게 웃었다.

"뭐야, 키르히 펙터? 그 할머니가 그렇게 좋아? 당신한테 그렇게 소중한 사람이었어? 니콜라보다 그 쭈글쭈글한 노인이 좋은 거냐고 묻잖아!"

"내가…… 미쳤어?"

키르히가 통증에 몸을 숙였다.

"제길, 왜 이리 아파! 검에 독이라도 바른 거야?"

"중사님, 이쪽으로 누우세요!"

"누울 상황이 아니잖…… 으, 으아아악!"

키르히의 비명이 갑자기 커졌다. 그의 상처를 본 데보라의 안색이 파랗게 변했다.

"아, 반발성 수은이……!"

순간, 옷에서 나오던 붉은 아지랑이의 수가 폭발적으로 증가했다. 그러나 키르히 자신은 고통을 이기지 못해 쓰러지고 말았다.

갑작스런 상황에 놀란 니콜라는 문득 키르히의 옷에서 느껴지던 마법의 기운이 키르히의 상처를 통해 몸속으로 흘러들어 가는 것을 봤다.

'옷에 스며들어 있던 액체 금속이……?'

이윽고 키르히가 일어났다.

엉거주춤한 모습으로 일어난 채 거친 숨을 뿜던 키르히의 눈 밑에서 갑자기 붉은 액체가 뿜어졌다. 마치 피눈물을 흘리는 듯한 모습에 니콜라는 다시 놀랐고, 키르히의 곁에 있던 데보라는 뒤이어 터진 힘의 압력에 나가떨어지고 말았다.

키르히의 눈 전체가 곤충의 발광 기관처럼 빛을 냈다. 야밤에 짐승들의 눈동자가 빛을 반사시키는 것과는 다른 모습이었다.

"어떻게 된 거야, 할멈! 당신들이 만든 옷이잖아!"

니콜라의 질문에 정신없는 얼굴로 일어나던 데보라가 중얼거리듯 대답했다.

"중사님의 몸에 반발성 수은이 밀려들어 가면서 이상 증상이 일어나고 있습니다! 하지만 이런 반응은 들어본 적이 없는데……! 설마 스승님께서?"

니콜라의 금발이 좌우로 흔들렸다.

"그럼 키르히 펙터, 죽는 거야? 그건 싫어! 키르히 펙터는 내가 죽일 거란 말이야!"

"이상한 소리 하지 말고 들으세요!"

데보라의 일갈에 니콜라가 움찔했다.

"지금 당장 중사님을 구해야 해요! 목숨이 오락가락하는 상황이란 말입니다! 중사님을 생각하는 마음이 조금이라도 있다면 절 도와주세요!"

"어, 어떻게?"

"제 육체로는 중사님이 발산하는 힘의 압력을 버틸 수 없어요! 하지만 천요인 당신은 달라요! 당신이 잠깐이라도 중사님을 제압해서 제가 수은을 중화할 틈을 만들어 주세요!"

"시, 싫어!"

니콜라가 소리를 빽 지르며 거절했다. 그사이에도 키르히의 중독은 점점 심해지고 있었다. 피부색뿐만 아니라 건강했던 갈색 머리도 회은색으로 탈바꿈되고 있었다.

니콜라는 점점 변해가는 키르히를 보며 소리쳤다.

"여기서 키르히를 구하면 당신이 키르히를 차지할 거잖아! 난 동화책 속에 나오는 공주님들처럼 배신당할 거야! 그런 거 싫어! 난 키르히를 얼음 속에 넣고 영원히 내 것으로 할 거야! 키르히는 항상 나만 봐야 해!"

"알았으니 결정하세요, 어서!"

마치 할머니가 버릇없는 손녀를 꾸짖는 듯한 상황이었다.

"마, 마법사 주제에 건방지게……! 반드시 당신을 없애 버리겠어!"

얼굴을 붉힌 니콜라는 대검을 들고 키르히에게 다가

갔다.

"하지만 키르히는 그전에 원래대로 되돌릴 거야!"

순간 큰 폭음이 키르히와 니콜라 사이에서 일어났다. 먼지구름이 뭉게뭉게 피어오르는 그 아래엔 짐승의 형상이 된 키르히의 모습이 있었다.

팔다리가 길어지고 장갑과 신발까지 그의 몸에 맞춰 변했다. 얼굴과 턱까지 짐승처럼 앞으로 툭 튀어나왔다. 게다가 압궤가 만든 붉은 날개의 형태도 새의 날개에서 박쥐의 날개로 바뀌었다. 어느 것이 피부고 어느 것이 옷인지 분간이 안 될 정도로 변해 버린 그의 모습은 짐승을 넘어 전설상에 전해지는 흡혈귀의 모습처럼 보였다.

그는 니콜라의 팔다리를 눌러 움직이지 못하게 한 뒤 회색으로 변한 치아를 드러내며 그녀의 흰 목을 깨물었다. 하지만 경동맥을 물어뜯으려는 그의 시도는 니콜라가 만든 얼음장벽에 막혔다. 얼음장벽에 치아를 세우던 그는 적갈색으로 변한 타액만을 진하게 남긴 채 고개를 들었다.

니콜라는 그의 행동을 유심히 봤다.

'뭘 하려고······?'

고개를 들던 키르히가 갑자기 이마를 떨어뜨렸다. 그는 진짜 원시인이나 짐승이 된 양 자신의 욕구를 방해하는 장벽을 향해 박치기를 하고 있었다.

"정신 차려, 키르히!"

소리친 니콜라가 팔을 들어 키르히의 목을 잡아 제압한 뒤 발로 그를 밀쳐 냈다. 하늘로 둥실 떠오른 키르히는 야생동물과 같은 유연성으로 몸을 돌려 중심을 잡더니 크라프트 블라트가 발동된 도펠 슈트룸을 들고 그녀에게 달려들었다.

"크아아아아아아!"

니콜라는 있는 힘을 다해 대항했다. 그러나 지금의 키르히는 힘과 속도, 반사능력 모두 니콜라와 맞먹는 상황이었다. 둘의 싸움은 격렬해졌고 니콜라의 옷깃이 사납게 뜯어졌다.

그 틈에 주문을 완성한 데보라는 바람의 공격 마법을 키르히에게 날렸다. 등판에 마법을 정통으로 맞은 키르히는 크게 비틀거렸다.

니콜라는 그 틈을 놓치지 않았다.

"미안해, 키르히 페터!"

그녀가 무기를 앞세워 급강하하는 순간, 키르히가 두 손으로 땅을 짚고는 짐승처럼 빠르게 움직이더니 니콜라의 오른팔을 입으로 낚아챘다.

살과 뼈가 뭉개지는 충격이 니콜라의 가녀린 팔을 진동시켰다. 니콜라의 팔을 씹어 끊은 키르히는 통증에 패닉상태가 된 니콜라를 바닥에 던진 뒤 그녀의 옷을 마구

134

찢었다.

"안 돼!"

그녀가 비명을 질렀다. 공중에 떠서 대기하던 얼음의 대검들이 그녀의 방어 본능에 자극을 받아 키르히를 향해 집중적으로 떨어졌다.

키르히가 갑자기 몸을 들더니 떨어지는 얼음의 검들을 향해 칼날을 휘둘렀다. 그가 잠깐 다른 곳에 관심을 둔 틈을 타 니콜라가 왼손 주먹에 냉기를 뭉친 뒤 그에게 돌격했다.

그러나 비명은 니콜라가 질렀다.

"크아아아아!"

크라프트 블라트의 푸른 섬광이 니콜라를 역습했다. 그녀의 왼쪽 눈이 베였다. 물어 뜯겨 헐렁거리던 팔은 완전히 끊어졌다. 마지막으로 그녀의 다리까지 깔끔히 떨어져 나갔다.

"캬아아아!"

치명상을 입은 니콜라가 비명을 터뜨리며 쓰러진 한편, 키르히는 중독 탓인지 빛을 내뿜는 눈을 데보라 쪽으로 돌렸다. 수은을 중화하기 위한 마법을 준비하던 데보라는 흠칫 놀랐지만 키르히는 짐승이 되어 그녀를 덮쳤다.

도펠 슈트롬이 데보라의 가슴팍을 꿰뚫었다. 충격이

데보라의 눈동자를 흔들었고 니콜라는 통증을 잊고 경악했다.

"마, 마법사!"

니콜라가 소리치는 한편, 데보라를 찔러 올린 키르히는 그녀의 가슴에서 흘러나와 칼을 타고 자신의 팔까지 당도한 피를 핥아 마셨다.

데보라의 피를 한참 즐긴 키르히는 공포에 질린 니콜라를 돌아봤다.

"다음은 너다! 네 피와 살도 내 것이다!"

"으, 으아아!"

니콜라는 그 이상을 도저히 볼 수 없었는지 그대로 하늘을 날아 윈드 헨지 쪽으로 도망쳤다.

데보라의 가슴을 뚫은 칼날은 그녀의 심장까지 정확히 가르고 있었다. 그러나 통증과 즉사에 대비한 모든 준비를 마쳐 놨던 데보라는 자신의 피를 마시는 키르히에게 마법을 사용했다.

그녀의 손이 키르히의 어깨 상처에 닿았다. 이윽고 마법이 발동되는 순간 수은처럼 보이는 액체가 키르히의 상처와 그녀의 손가락 사이를 지나 밖으로 흘러나오기 시작했다.

"으, 으으으! 크아아아!"

악마처럼 포효를 한 키르히는 그녀의 손에서 벗어나기

위해 몸부림을 쳤다. 그로 인해 데보라의 몸을 뚫은 도펠
슈트룸이 흔들리면서 데보라의 목숨도 한계에 도달했다.

그러나 데보라는 사력을 다해 의식을 유지했다.

"조금만 참아줘요, 조금만……!"

길지도, 짧지도 않은 사투 끝에 키르히가 의식을 잃고
동작을 멈췄다. 안도의 한숨과 핏물이 데보라의 입에서
함께 터졌다.

"그래요, 착하게 가만히 있어줘요."

데보라는 정화 작업이 끝날 때까지 자신의 목숨이 남
아 있기를 간절히 빌었다.

한참 뒤, 키르히가 다시 정신을 차렸다.

흡혈귀의 끔찍한 모습을 벗고 원래의 모습으로 돌아온
그는 자신에게 벌어진 모든 일이 기억나지 않는지 멍한
얼굴로 주위를 살폈다.

그가 가장 먼저 깨달은 것은 자신이 들판의 중심에 서
있다는 사실이었다. 붉었던 그의 옷은 하얗게 탈색되어
있었고, 그의 기억이 끊기기 전까지 사투를 벌였던 니콜
라의 모습은 어디에도 보이지 않았다.

"뭐야, 이거?"

황당해하는 키르히의 손에 누군가의 손이 철썩 닿았
다. 그의 손과 다른 사람의 손 사이에 끈적끈적한 액체가
느껴졌다.

"아, 의식이 돌아왔군요. 다행이에요."

데보라의 목소리를 들은 키르히는 아래를 봤다. 그리고는 검을 놓으며 주저앉았다. 데보라의 가슴팍에는 키르히가 방금 전까지 잡고 있던 도펠 슈트롬이 깊숙이 박혀 있었다.

"여, 여사님? 지금 뭐 하시는 거예요? 이게 어떻게 된 거예요?"

"후후……"

데보라는 눈을 반쯤 감은 채 웃었다.

"옷의 반발성 수은이…… 중사님의 몸으로 들어가 버렸어요. 지금은…… 괜찮을 거예요. 제가 중사님의 몸에 들어간 수은을 모두 제거했으니까요."

"정말 제가 찌른 건가요? 제가 여사님을 찌른 건가요? 대답해 봐요!"

데보라의 눈이 감겼다. 뭔가가 무너지는 듯한 느낌을 받은 키르히는 급히 그녀의 손을 잡고 흔들었다.

"여사님!"

그녀가 다시 눈을 떴다.

"아…… 네벨 아가씨께는 말씀하지 마세요. 아가씨는 너무 어려서 무조건 중사님 탓이라고 할 거예요. 그러니 말하고 싶어도 절대 하지 마세요."

데보라는 다시 눈을 감았다.

"그런데…… 내가 왜 당신을 걱정하게 된 걸까요? 이상하군요."

그녀의 표정이 밝아졌다. 더불어 그녀의 몸 전체가 차츰 굳어졌다.

"하지만 기분은 좋아요. 그것도 이상하네요. 후후……."

"……."

키르히는 겨울바람에 식어가는 데보라를 침울한 얼굴로 지켜봤다. 슬픔이라는 감정과 분노라는 감정이 엉킬 대로 엉키면서 만들어낸 결과는 침묵뿐이었다.

멍하니 시간을 보내던 키르히는 갑자기 데보라의 왼손을 잡고 끌어 올렸다.

"어서 가요, 여사님."

팔을 당기자 데보라의 팔 관절에서 이상한 소리가 나며 상반신이 들렸다. 살아 있는 인간이었다면 통증을 호소했겠지만 데보라는 말이 없었다. 대신 생기를 잃은 피가 바닥으로 주르륵 흘렀다.

"놀리지 말라고요, 좀!"

그녀의 팔을 놓고 주저앉은 키르히는 두 손으로 안면을 감싼 채 중얼거렸다.

"책…… 그래, 책이요. 그게 무슨 색 책인지, 어느 서랍인지 기억이 안 나요. 좀 가르쳐 달란 말이에요."

젖은 소리가 그의 말끝에 섞였다.

"왜 나한테 그런 부탁을 한 거예요? 이게 뭐냔 말이에요!"

그가 좌절의 늪에 빠지려는 찰나, 윈드 헨지에서 강력한 음파와 에너지를 쏘아내기 시작했다. 키르히는 몸을 숙여 데보라의 시체가 충격파에 흔들리는 것을 막아주었다.

그는 데보라의 식은 얼굴을 가만히 봤다. 피부는 차가워졌지만 그녀의 표정은 여전히 온화했다.

"나쁜 할머니 같으니……."

키르히는 하얗게 탈색된 코트를 벗어 데보라의 시체를 덮었다. 그는 개인적으로 그녀를 땅에 묻어주고 싶었다. 그편이 혹시라도 있을 들짐승이나 굶주린 겨울새들로부터 그녀의 시신을 최대한 안전하게 보호해 주는 길이었다.

그러나 정체불명의 충격파는 그를 조급하게 만들었다. 충격음이 다시 한 번 들판 전체를 훑고 지나갔다. 울상이었던 키르히의 표정이 차츰 원래대로 되돌아왔다.

"미안해요. 아직 할 일이 남은 거 같아요."

키르히는 데보라의 시신을 뒤로하고 자신이 가야 할 곳을 향해 달렸다.

그가 떠난 지 얼마 지나지 않아 까마귀들이 무리를 지

어 날아왔다. 땅에 내려온 검은 짐승들은 부리를 움직여 흙 위에 뿌려진 피 냄새를 우선 맡은 뒤 코트에 덮인 데보라의 시신을 향해 깡충깡충 뛰어갔다.

까마귀들에게 둘러싸인 시체는 수많은 마법사, 일반인들에게까지 존경을 받았던 사람일 뿐만 아니라 아젤란도 다음으로 강력한 마법 능력을 가진 존재이기도 했다. 하지만 그녀를 보는 까마귀들의 부리는 식욕으로 검게 빛날 뿐이었다.

그들이 코트 밑으로 드러난 데보라의 다리 쪽으로 몰려들었다. 두껍고 무거운 크로이츠 코트에 보호되지 않은 그녀의 다리를 지켜주는 것은 자주색의 치마와 하얀색의 스타킹뿐이었다.

방해물은 오로지 코트뿐이다. 그렇게 판단한 까마귀들이 서로를 밀치며 먹이를 향해 달려들었다.

데보라의 육체를 이루던 것들이 하나둘씩 사라지기 시작했다.

Chapter 10 괴물

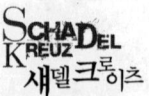

SCHADEL
KREUZ
섀델크로이츠

아젤란도의 막사 안에서 군용으로 보급된 고기를 오물오물 먹던 카샤의 꼬리가 바짝 올라갔다. 이상하고도 강렬한 느낌이 그녀의 감각을 스치고 지나간 것이다.

'뭐냐, 이 느낌은?'

그녀는 하얀색 냅킨으로 입가를 닦으며 주변을 두리번거렸다.

아젤란도가 읽던 책을 덮고 일어났다. 대마법사는 무거운 얼굴로 옆에 벗어둔 자신의 검은색 모자를 머리에 썼다.

카샤가 그에게 다가왔다.

"그대도 느꼈나?"

"음……."

요괴의 황금색 눈동자를 잠시 본 아젤란도는 담담히 말했다.

"데보라가 죽은 것 같군."

"뭐라고?"

카샤의 머리털이 쭈뼛 곤두섰다. 아젤란도는 도구를 챙기는 등 준비를 계속했다.

"천요가 상대라면 무리도 아니지."

가장 오래된 제자의 죽음을 느끼고 이야기하는 사람 같지가 않았다. 그 때문인지 카샤가 느끼는 충격은 더 컸다.

"그, 그럴 리가! 그럴 리가 없다! 본좌의 느낌상……!"

"그래, 대단한 마법사지. 마녀로 치자면 전설 수준일 것이네. 하지만 위치 메이커가 아닌 이상 천요를 상대할 수는 없지. 본질적인 능력의 차이는 어쩔 수 없으니까."

그녀를 보는 아젤란도의 눈초리가 날카로워졌다.

"그대가 처음부터 제대로 나섰다면 어땠을까? 오늘, 아니, 스톰해머 요새에서 자네가 니콜라를 쓰러뜨렸다면 데보라가 살아남을 가능성이 조금이나마 높아지지지 않았을까?"

카샤의 작은 가슴이 뜨끔했다.

"본좌를 탓하려는 건가?"

"난 지난 일을 탓하여 마음의 안정을 얻는 일 따위는 모르네. 하지만…… 음, 아무리 생각해도 너무 크군. 계산이 안 되잖나!"

"으……!"

할 말을 잃은 꼬마 요괴는 고개를 숙이고 말았다.

격분하여 속마음을 드러내고 만 아젤란도는 다시 냉정한 표정을 지었다.

"아직 죄책감을 느낄 필요는 없네. 데보라가 천요를 상대하다가 죽은 것인지, 아니면 바보짓을 하다가 죽은 것인지 확인되진 않았으니까. 마음에 들진 않지만 운명이라는 존재일 수도 있고……. 아무튼 그 얘긴 그만 하지. 지금 이런 얘기를 해서 뭘 하겠나?"

"……."

"그보다 여기 계속 있을 셈인가? 난 일정상 이제 이곳을 떠나야 하네. 배급 체계를 무시하고 자네에게 고기를 줄 수 있는 사람은 이제 이곳에 없을 것이네."

"본좌를 바보 취급하지 마라!"

고개를 든 카샤와 내려다보는 아젤란도 사이에 눈싸움이 일어났다.

"바보 취급이라고 느꼈나? 그렇다면 자존심은 아직 남아 있나 보군. 하지만 선택은 자네가 하는 것이네. 미리 말해두지만 상대는 니콜라만이 아닐 수도 있거든."

"알고 있다!"

카샤의 눈동자가 빛을 냈다. 단순히 눈을 크게 떠서 눈빛이 밝아진 게 아니라 그녀의 눈동자 자체가 빛을 발하고 있었다.

"그대가 데보라의 사망을 어떻게 느꼈는지 모르겠지만, 그게 사실이라면 더 이상 두고 볼 수는 없다! 본좌, 친구들을 위협하는 적을 분쇄한다!"

"그러길 바라네."

카샤는 보지 못했지만 그녀의 마지막 말에 아젤란도의 표정이 조금 변했다.

'내가 흥분하긴 했군. 아무리 천요라고 해도 데보라의 사망을 느낄 리가 없지. 나와는 달리 그럴 수단이 전혀 없으니까. 그렇다면 무엇을 느낀 것인가, 천요여?'

그와 카샤가 막사를 나서려는 순간이었다. 본진의 수비를 맡고 있던 병사 중 한 명이 막사 안으로 황급히 뛰어들어 왔다. 아젤란도와 부딪칠 뻔했던 것을 넘어지다시피 하여 겨우 면한 그 병사는 턱까지 차오른 숨을 이겨내며 외쳤다.

"무례를 용서하십시오, 대법관님! 하지만 워낙 다급한 상황이라……!"

"됐으니 보고하게. 무슨 일인가?"

"역전체로 보이는 기병 100여 기가 본진을 향해 오고 있습니다! 바로 앞까지 왔습니다!"

"그들은 내가 없애주지. 아무래도 페이건 경과 특무상사가 실패한 모양이군."

그의 즉각적인 판단에 카샤는 깜짝 놀랐다. 아젤란도는 데보라의 죽음을 바탕으로 최악의 경우를 말한 것인데, 병사의 보고는 아직 끝난 것이 아니었다.

"전방에서 오는 자들이 아닙니다! 외부에서 이쪽으로 들어오는 자들입니다!"

"뭐라고?"

표정이 바뀐 아젤란도는 막사의 문을 걸어 젖히며 밖으로 나갔다. 그러나 병사가 보고한 100여 기의 기병대는 이미 길을 따라 본진 옆을 전속력으로 지나가고 있었다. 그들을 막기 위해 길로 나왔던 창병대는 기세에 눌려 옆으로 대피한 상황이었다.

창병대와 본진의 병사들, 카샤, 아젤란도 모두 본진에 아무런 해도 입히지 않고 지나가는 그 역전체 기병대를 지켜봤다. 아젤란도와 카샤를 제외한 본진 수비대에 괴멸적인 타격을 가하고도 남을 전력이 그렇게 행동하는 것은 이해할 수 없는 일이었다.

백일몽을 꾼 듯한 얼굴의 카샤가 눈을 깜박거렸다.

"역전체가 분명한데 어찌 그냥 지나가는 건가? 입고 있는 옷이 다른 역전체들과 좀 다른 것 같기도 하던데?"

"쉬드람의 역전체가 아니네. 웨스트리치의 장비를 입고 있었네. 하지만 그건 문제가 아니네. 내가 잊고 있었던 상황이 한 가지 있었군."

"뭐라고?"

아젤란도가 두 주먹을 꼭 쥔 채 떨리는 목소리로 말했다.

"폐하께서 오셨네."

"폐하? 누구?"

"아셀 더 아발론 폐하 말일세."

그의 중얼거림대로 브리스톤의 젊은 왕, 아셀 더 아발론은 브리스톤 군의 본진을 지나친 역전체 기병대 안에 있었다.

자신을 이곳으로 데려온 존재, 아이작 캐러거 백작과 말을 함께 탄 그는 뒤로 멀어지는 브리스톤 군의 주둔지를 걱정 어린 눈빛으로 바라봤다.

"괜찮은 것이오, 백작? 짐의 군대와 얘기하여 함께 가는 것이 더 좋지 않겠소?"

"한시가 급합니다, 폐하. 방금 윈드 헨지 쪽에서 솟은 빛은 술탄, 알 라흐만 노스라푸르의 군대가 이곳에 거의 당도했다는 예고입니다."

"알겠소."

아셀의 표정이 진지해졌다.

캐러거 백작이 방금 거론한 술탄, 알 라흐만 노스라푸르는 온갖 끔찍한 방법을 동원하여 포로들을 죽이고 그 현장을 즐긴 희대의 살인마로 기록되어 있다.

신성원정 당시 전투에 참여한 다른 쉬드람의 왕들은 오랫동안 전해지는 법규대로 포로들을 처형하기 직전에 개종을 요구하여 살아남을 여지를 주었으나 노스라푸르는 그렇지 않았다. 신의 뜻이 아니라 인간의 뜻에 따라 침략을 해온 자들은 단순한 살인자이기 때문에 감히 신의 이름으로 선처를 할 필요가 없다는 것이 그의 논리였다.

문제는 포로들의 처형 방식이었는데, 그는 다른 왕들처럼 목을 베거나 극약을 먹이는 방법 대신 끔찍한 고문으로 포로들을 살해했다. 역사서에는 인간이 그때까지 개발한 모든 고문 방법이 총동원되었다고 전해지는데, 그가 어째서 그렇게 거추장스러운 방법으로 포로들을 살해했는지에 대해서는 전해지지 않는다. 다만 그가 알라하르 교의 교리를 자신의 방식대로 해석했다는 설이 있을 뿐이다.

아셀이 캐러거를 따라가기로 한 결정적 계기는, 신성교단과 결탁한 쉬드람 역전체들이 노스라푸르가 이끄는 1만의 군대를 선봉으로 하여 브리스톤에 들어오려고 한다는 캐러거의 이야기에서 비롯되었다.

캐러거는 노스라푸르가 윈드 헨지에 열린 공간왜곡의 문을 통해 들어올 것이라는 말과 함께 하루빨리 윈드 헨지로 가서 노스라푸르를 막아야 한다고 말했다. 아셀은 자신에게 그런 힘이 있냐며 의문을 나타냈지만 캐러거는 하얀 왕의 힘이라면 충분하다는 말로 그를 설득했다.

자신이 하얀 왕이라는 말을 아젤란도에게 지겹게 들었던 아셀은 오랫동안 그 사실에 대해 의심했지만 전설의 영웅이라고도 할 수 있는 캐러거의 말을 통해 확신을 가지게 되었고, 결국 자신의 힘으로 브리스톤의 백성들을 구하겠다는 결심을 하였다.

캐러거와 함께 달리는 젊은 왕의 눈에 한 무리의 기병대가 들어왔다. 기병대는 사냥감을 포위한 사냥꾼들처럼 원형으로 포진해 있었다. 아셀은 그 기병대의 깃발을 보고 반가움과 기쁨에 젖었다.

"레드맨들입니다, 백작! 프란시스 페이건 경입니다!"

"확인했습니다, 폐하."

캐러거는 오른손에 든 도끼창을 들어 올린 뒤 전투가 벌어지고 있는 장소를 향해 끝을 내밀었다. 그 신호에 따라 기병대가 프란시스 쪽을 향해 방향을 바꿨다.

프란시스 페이건과 알리 뮤리안의 대결은 이미 끝난 상태였다. 알리 뮤리안이 이끄는 기병대는 궤멸됐고 홀

152

로 남은 알리 뮤리안은 날이 깨진 마상도를 든 채 프란시스 페이건과 마주 서 있었다. 그런 둘을 레드맨틀과 브리스톤 기병대가 겹겹이 둘러싸고 있었다.

프란시스의 갑옷과 방패 여기저기에는 크고 작은 홈집이 나 있었다. 하지만 프란시스는 약간 지쳤을 뿐, 부상조차 입지 않은 상태였다.

프란시스는 오른손에 든 바스타드 소드의 끝을 탈진 직전의 알리 뮤리안 쪽으로 뻗었다.

"항복하라, 알리 뮤리안. 그대는 혼자다."

"친절하군. 가슴 아픈 현실을 다시 한 번 확인시켜 주다니 말이야."

알리 뮤리안은 마상도를 다시 들었다.

"이 자리에서 알라하르 신께 기도를 드리지. 알라하르 교단의 전사에게 있어서 가장 큰 영광은 자신의 모든 것을 쏟아 부을 가치가 있는 적의 등장이다. 그 교리에 따라 자네는 신께서 내게 내리신 축복이라 할 수 있겠군. 너무 지나친 감이 있지만 말이네."

"끝까지 싸울 생각인가?"

"그것이 나의 임무다, 페이건 백작. 그리고…… 난 임무를 완수했다."

"완수했다고?"

그때, 레드맨틀의 기사들이 소리쳤다.

"페이건 경, 역전체 기병대입니다! 곧장 이곳으로 달려오고 있습니다!"

부하들이 지적한 기병대를 확인한 페이건은 다시 알리 뮤리안을 봤다. 혼자 싸움을 하던 알라하르 교단의 전사는 두 팔을 올리며 이쪽으로 달려오는 기병대를 향해 외쳤다.

"알 훔둘 알라하르(Al humdul' allahar—알라하르 신에게 감사합니다)! 어서 오시게, 나의 친구여!"

기쁘게 부르짖는 알리 뮤리안으로부터 고개를 돌린 프란시스는 웨스트리치 방식의 장비를 갖춘 역전체 기병대를 부릅뜬 눈으로 바라봤다. 머리를 덮은 은색 투구 때문에 드러나지 않은 그의 얼굴은 심하게 창백했다.

'저 기병대는……!'

프란시스와 레드맨틀 멤버들은 그 기병대를 알고 있었다. 파렌이 브리스톤에 오기 전, 레드맨틀을 비롯한 브리스톤의 군대를 유린하고 왕을 납치해 간 자들이 바로 그들이었다.

프란시스는 이 상황을 어떻게 헤쳐나갈지 고민해 봤지만 답이 나오지 않았다. 그와 그의 병사들은 알리 뮤리안의 포위 때문에 진형이 무너진 상황이었고 평소보다 격하게 움직인 탓에 체력 소모도 심했다.

하지만 그것은 문제도 아니었다. 역전체들은 그들이

잃어버렸던 왕, 아셀 더 아발론을 데리고 있었다.

프란시스는 아무것도 모르는 반가운 얼굴로 자신에게 손을 흔드는 아셀을 안타깝게 바라봤다.

'여기서 끝인가? 이것이 레드맨틀의, 브리스톤의 최후란 말인가?'

그와 모든 병사들이 절망에 빠지기 직전, 아셀을 데리고 있는 역전체 기병대의 속도가 급격히 줄어들었다. 마치 발악하듯 필사적으로 상황을 파악한 프란시스는 병사들에게 손짓을 했다. 부상병을 포함한 모든 기병들이 알리 뮤리안의 포위를 포기하고 밀집 대형을 만들었다.

가장 위험한 바깥 부분은 레드맨틀들이 자진하여 맡았다. 육체적인 피로는 중장기병인 레드맨틀 쪽이 더 심했지만 일반 창기병대와 궁기병대에게 그 자리를 맡기는 것은 그들에게 주어진 장비와 훈련으로 다져진 정신이 허락지 않았다.

캐러거는 스무 걸음 정도 떨어진 지점에서 자신의 군대를 멈췄다. 아셀은 두 팔을 흔들며 프란시스에게 소리쳤다.

"안심하시오, 프란시스 페이건 경! 이들은 아군이오! 전설의 영웅, 아이작 캐러거 백작과 화이트맨틀 멤버들이오!"

브리스톤 병사들이 서로를 보며 수군거렸다. 그들이

마음을 놓으려는 찰나, 프란시스가 목청이 찢어져라 외쳤다.

"성심을 되찾으십시오, 폐하!"

사자 같은 그의 외침에 심약한 아셀이 움찔했다.

"페이건 경?"

"아군이라는 말은 거두어주십시오! 그들은 감히 폐하의 옥체에 손을 대는 불경을 저질렀습니다! 잊으셨습니까?"

아셀은 곱상한 얼굴에 미소를 띠며 어떻게든 프란시스를 설득하려 했다.

"그렇게 생각지 마시오, 페이건 경. 짐은 괜찮소. 그리고 캐러거 경과 화이트맨틀은 브리스톤을 위해서……."

"잊으셨냐고 여쭈었습니다, 폐하!"

그는 아이작 캐러거를 향해 검을 들었다.

"잊으시면 안 됩니다! 저 망령들의 손에 폐하의 용감한 신하들이 죽었습니다! 부모, 형제, 자식이 있는 자들이 오로지 폐하를 지키기 위해 모든 것을 버리고 싸우다가 죽었단 말입니다!"

"……."

"아니, 아직 죽지 않았습니다! 저들의 기습에 맨몸으로 맞서 충성을 다하려 했던 그들의 정신은 소인들의 머릿속에 아직 살아 있습니다! 소인들은 지금 그 힘으로 움직이고 있습니다! 하지만 폐하께서 저 망령들을 인정하시는 순간, 그들의 정신은 잊혀질 것이고 그들은 진정으로 죽음을 맞이하게 됩니다! 그 충신들을 죽이실 생각이라면 소인들을 밟고 지나가십시오!"

프란시스는 검을 곧게 들었다.

"그러나 그냥 지나가실 수는 없습니다! 브리스톤을 위협하는 모든 적을 분쇄하는 것이 소인들에게 주어진 임무! 그리고 그 적이 행여나 폐하라 할지라도 검을 드는 것이 나라를 위해 싸우는 자로서의 도리! 프란시스 페이건과 브리스톤의 병사들은 죽음으로써 그 의지를 관철할 것입니다!"

"페이건 경! 짐은⋯⋯!"

아셀은 그때까지만 해도 페이건을 설득하고 싶었다. 그러나 다음 순간 그의 귀에 들린 캐러거의 목소리는 진실을 가르쳐 주었다.

"이쪽으로 오게, 알리 뮤리안."

"술탄과의 약속을 지켰군, 캐러거 백작. 나의 친구여."

아셀의 갈색 머리가 주춤했다. 캐러거는 고삐를 쥐고 말 머리를 돌렸다.

"아직 늦지 않은 것 같군."

"늦어? 아니, 충분하다네. 역시 자네는 아이바크 대장군과 내가 목숨을 걸 만한 남자였어. 그 저주받은 존재들의 추적을 무사히 따돌리고 여기까지 오다니, 훌륭하네."

"칭찬은 이르네. 아직 술탄과 그 남자에게 증명을 받진 못했으니까."

"홈, 역시 철저한 친구로군."

"어서 가세, 알리 뮤리안."

캐러거가 프란시스와 그의 기병대를 향해 도끼창을 뻗었다.

"화이트맨틀이여, 저 어리석은 후손들을 분쇄하라."

경악한 아셀이 캐러거를 향해 뭐라고 소리치는 한편, 윈드 헨지를 향해 달리는 그의 옆으로 화이트맨틀, 아니, 역전체들이 일제히 무기를 빼 들고 진격했다. 프란시스는 캐러거에게 가는 길을 틀어막은 채 들판의 수풀을 짓밟으며 달려오는 그들을 무섭게 노려봤다.

"기사라고, 영웅이라고 불렸던 자들이 부끄럽지도 않나? 우리들이 배운 기사도가 그대들이 추구하던 것이라면 지금 이 자리에서 그 모든 것을 부정해 주겠다!"

그가 돌진하며 외쳤다.

"그리고 그 자리를 우리의 기사도로 대신하겠다! 브리스톤의 병사들이여, 과거의 망령들에게 각자의 기사도를 보여라!"

대기하고 있던 브리스톤 기병대가 일제히 그의 뒤를 따랐다.

정면으로 부딪친 두 기병대의 우열은 순식간에 갈렸다. 화이트맨틀 기병대의 전투 능력은 알라하르 교단 기병대와 차원이 달랐다. 뛰어난 조직력과 비인간적인 능력, 그리고 가죽이 아닌 강철로 된 장비를 입은 그들을 상대로 지치고 부상당한 브리스톤 기병대가 맞서는 것은 애초부터 무리였다.

그나마 존재했던 머릿수의 우위도 프란시스가 집중공격을 당하며 한순간에 일그러졌다.

군신이라는 별명의 그 기사는 미리 약속된 작전에 휘말려 격리된 채 홀로 싸웠다. 창에 비교하자면 절반에도 못 미치는 길이의 바스타드 소드를 든 그를 하필이면 창기병들이 돌아가면서 공격했다. 바스타드 소드와 방패는 그가 알리 뮤리안의 마상도에 대적하기 위해 선택한 수단이었다. 물론 화이트맨틀이 그 사실까지 미리 파악하고 나온 것은 아니었다. 간단히 말해 그의 불운이었다.

하지만 프란시스의 전투력은 화이트맨틀의 상상을 초월했다. 방패를 다루기 위해 고삐도 쥐지 않은 그가 오로지 무릎과 발끝으로만 말을 통제하여 정교하게 저항하는 모습은 산전수전을 다 겪은 화이트맨틀을 질리게 만들었다.

알리 뮤리안은 그 모습을 보며 캐러거의 뒤를 쫓았다.

'내가 그대에게 최후를 선사했다면 그렇게 처절히 싸

울 일은 없었겠지. 브리스톤의 위대한 기사여, 저승에서 보세. 자네와 나눌 이야기가 아주 많겠군.'

아이작 캐러거와 알리 뮤리안, 그리고 그들을 수행하는 십여 기의 기사들이 질풍처럼 들판을 달렸다. 살아 있는 말로는 도저히 뒤쫓을 수 없는 경이적인 속도였다.

레드맨틀들은 어떻게든 프란시스에게 갈 길을 열려고 했으나 화이트맨틀의 격렬한 공격은 그 모든 것을 무위로 만들었다. 그만 하고 자신들 쪽으로 움직이라는 부하들의 외침이 프란시스의 귀에 들렸지만 그는 그것을 거부했다.

자존심 때문이 아니었다. 수를 세기도 힘든 적들이 자신을 노리고 있는 상황에서 섣불리 돌아섰다가는 죽음만이 닥친다는 것을 그는 알고 있었다.

사방에서 공격을 당하던 프란시스의 말이 주춤했다. 정직하게 프란시스를 노리던 화이트맨틀의 멤버가 결국 말을 노린 것이다. 말이 턱에 창을 맞아 주춤하는 사이 수명이 기동력을 잃은 프란시스를 노렸다. 비록 방패로 막긴 했지만 프란시스가 받은 물리적 충격은 전신의 뼈가 흔들릴 정도로 막대했다.

안장 뒤쪽으로 튀어나간 프란시스는 가까워졌다가 멀어지는 하늘을 말없이 바라봤다. 땅에 머리가 닿으려는

160

찰나의 순간, 충격으로 희미해지는 그의 눈에 보인 것은 차가운 겨울하늘이었다.

'끝이란 말인가? 나의 기사도는……!'

프란시스의 몸이 휘청거렸다. 적장의 최후를 지켜보던 화이트맨틀과 경악하던 브리스톤 기병대 사이를 한 줄기의 불꽃이 가로질렀다. 그와 함께 양 진영의 희비가 교차했다.

머리부터 떨어지는 프란시스를 가까스로 받아 든 카샤는 꼬리 달린 화후의 모습이 아니라 불꽃의 말총머리를 휘날리는 천요의 모습이었다. 그녀는 프란시스를 구하기 위해 끌어올렸던 속도를 주체하지 못하고 웅크린 자세로 들판 위를 계속 미끄러졌다.

발로 땅을 긁어 미끄러지는 것을 멈춘 그녀는 자신보다 훨씬 크고 중장갑옷까지 껴입은 프란시스를 두 팔로 든 채 아무렇지도 않게 일어났다.

카샤는 배가 불룩해질 정도로 숨을 크게 들이마신 뒤 소리를 내질렀다.

"모두 멈춰라!"

그녀가 내지른 고함이 대기를 흔들었다. 특별한 기운까지 실린 그 함성에 놀란 양측의 말들은 주인들 요구를 무시하고 휘청거렸다. 화이트맨틀과 브리스톤 기병대들조차도 그 기세에 질려 행동을 멈췄다.

카샤는 기절한 프란시스를 옆에 놓고 두 주먹을 쥐었다.

"조상들이 후손을 속이고 죽이다니, 이 무슨 해괴한 일이란 말인가! 이제부터 너희들의 상대는 여기 있는 본좌, 화사무쌍이다! 모두 각오하라!"

그때, 그녀의 옆에 영롱한 빛이 맺히더니 공간이 일그러졌다. 카샤에게 집중되었던 시선이 그쪽으로 쏠리는 가운데 검은 법의를 입은 대마법사, 아젤란도가 공간의 균열을 밀치며 나타났다.

아젤란도가 싸늘한 눈빛으로 카샤를 봤다.

"여긴 됐으니 윈드 헨지로 가게. 자네의 힘을 필요로 하는 곳은 그쪽이네."

"본좌에게 지시하지 마라!"

"고집을 부리다가는 특무상사가 죽을 것이네."

"으……!"

화이트맨틀을 향해 선언했던 것 때문인지 주춤하던 카샤는 결국 몸을 돌렸다. 그녀의 머리카락이 남긴 불꽃의 잔광이 윈드 헨지를 향해 고속으로 사라졌다.

"협박을 해야 알아먹다니…… 천요는 역시 귀찮은 존재로군."

혼잣말을 한 그는 화이트맨틀을 노려봤다.

화이트맨틀 중 몇몇은 아젤란도를 알고 있었다. 아젤을 납치할 때 그들은 레드맨틀조차 유린하는 여유를 부렸지만 아젤란도가 나타나면서 수십이 떼죽음을 당하고 아이작 캐러거를 비롯한 일곱 명만이 가까스로 탈출에 성공했다. 캐러거를 제외한 여섯은 타고 있던 말까지 잃는 수모를 당하기까지 했다.

화이트맨틀들은 미리 약속한 대로 브리스톤 기병대 틈으로 파고들었다. 그들의 빠른 행동에 놀란 브리스톤 기병대들은 당황하여 우왕좌왕하기만 했다.

그들이 그런 행동을 한 까닭은 자신들의 곁에 브리스톤 기병대들을 둠으로써 아젤란도의 특기인 광범위 공격 마법을 봉쇄하기 위함이었다.

하지만 아젤란도는 그들의 행동을 보고 비웃음을 흘릴 뿐이었다.

"가당치도 않은 놈들이군."

대마법사가 두 손을 펼쳤다. 왼손에 검은색 마법진이 떠오르면서 주변의 공간이 일그러지고, 오른손에 하얀 마법진이 떠오르면서 철퇴 모양으로 압축된 공기들이 무수히 생성되었다. 그 두 가지 마법이 아주 짧은 시간 차를 두고 전개되었다.

압축된 공기가 방사되는 물고기처럼 일그러진 공간들 속으로 뛰어들었다. 어리둥절해하는 화이트맨틀들의 뒤통수에서 공간의 균열이 발생했다. 균열로부터 방금 전 일그러진 공간으로 들어간 기체들이 대포알처럼 튀어나왔다. 수십의 화이트맨틀들이 머리가 깨지며 즉사했다.

살아남은 자들이 대처할 틈도 없이 아젤란도의 다음 마법이 이어졌다. 그는 앞에 깔린 수풀들을 뽑아 손으로 으깬 뒤 옆으로 뿌렸다. 흩날리는 수풀 조각들에 불꽃이 붙었다. 마른 풀들을 매개체로 하여 소환한 불덩어리들이 아젤란도의 주변을 떠돌았다.

"파괴력만이 마법의 전부가 아니라네."

그의 중얼거림이 끝나자 불덩어리들이 사방으로 퍼져나가 화이트맨틀들의 몸에 달라붙었다. 가히 생물에 가까운 움직임이었지만 실제로는 아젤란도의 정교한 마법 제어 능력에 의한 묘기였다. 역전체들은 그 불덩어리를 어떻게든 떼어내려고 했으나 소용없었다. 불덩어리는 폭발했고 폭발에 휘말린 역전체들은 동료들의 곁으로 갔다.

남은 화이트맨틀은 단둘이었다. 두 개의 불덩어리를 그들의 머리 위에 띄운 아젤란도는 뒷짐을 진 채 그들에게 다가갔다.

"자백을 꺼내는 방법은 많지만 우선 신사적으로 하겠네. 폐하를 납치한 이유는 무엇이며 왜 여태까지 숨어 있다가 이제야 나타난 건가?"

"대답하면 살려줄 건가?"

화이트맨틀은 씩 웃으며 자신이 가진 무기들을 바닥으

로 던졌다. 무기에 이어 방패도 떨어뜨렸다. 아젤란도는 생각보다 순순한 그들의 태도를 미심쩍은 눈으로 봤다.

"자네들을 살려주겠다는 말이 제대로 된 말인지 잘 모르겠군. 아무튼 포로로서 대우해 주겠네. 물론 그전에 자네들이 바른 대답을 해야겠지만."

"좋아. 난 화이트맨틀의 월터 스텐폴리다. 화이트맨틀 3중대의 대장이지. 우린 쉬드람의 술탄, 노스라푸르와 약속을 했지. 그리고 약속의 날이 다가올 때까지 사력을 다해 폐하를 모셨네. 그 저주받은 존재들로부터 말이야."

"저주받은 존재?"

역전체 기사, 월터는 품에서 담뱃잎을 말아 만든 담배를 꺼낸 뒤 부싯돌로 불을 붙이기 위해 노력했다. 아젤란도가 가볍게 손가락을 튕기자 담배 끝에 불이 붙었다.

"고맙군."

흰 연기가 갑옷 밑으로 드러난 그의 늑골을 통과하여 밖으로 술술 새나갔다.

"폐하께선 그들을 고어라고 부르더군. 녀석들이 밤마다 우리 앞에 나타나서 극성을 떨어대는데, 정말 미치는 줄 알았지."

"고어가 자네들을 공격했단 말인가?"

"우리인지, 아니면 폐하인지는 확실히 모르겠군."

그의 입에서 나온 '고어'라는 말은 아젤란도에게 깊은

불쾌감을 주었다. 무차별성 외엔 근본적인 사항이 밝혀진 바가 없는 그 괴생명체들이 오로지 아셀과 화이트맨틀의 곁에서만 나타났다는 사실은 그냥 지나칠 수가 없는 큰일이었다.

브리스톤의 다른 지역에 고어가 나타났다는 보고를 들은 일이 없었던 아젤란도는 고어들이 만약 하얀 왕, 아셀을 노리고 나타난 것이라면 분명 자신이 모르는 흑막이 존재하는 것이라고 생각했다.

'고어라면 미하엘이라는 남자와는 관계가 없을 것이야. 고어는 그가 가진 힘과 완벽히 상극을 이루는 존재들이니까. 그렇다면 고어와 관계된 다른 누군가가 이 상황을 예의 주시하고 있단 말인가?'

그는 잠시 후 고민을 거두고 레드맨틀을 불렀다.

"우선 저 포로들과 페이건 경을 데리고 본진으로 가게. 그리고 힘이 남은 자들을 두 명만 뽑아주게."

"정찰 임무입니까?"

"아닐세. 시체 수습이라네. 시체의 위치는 대강 느껴지니 그리 오래 걸리진 않을 걸세. 자, 이것으로 자네들이 할 일은 모두 끝났네. 여기서부터는 인간이 들어올 영역이 아니야."

"예? 그렇다면 콘스탄 특무상사를 따라간 보병들은 어찌 되는 겁니까?"

"가급적 평화롭게 일이 마무리되길 비는 수밖에 없지. 시체를 수습할 자들은 날 따라오게. 나머지는 지시한 대로 행동하도록."

"예, 대법관님."

지시를 받은 브리스톤 기병대가 빠르게 움직였다. 아젤란도는 데보라의 시신이 느껴지는 지점을 향해 마법으로 이동하며 생각에 잠겼다.

'브리스톤에서의 최종 결전이 이제 시작되겠군. 초월자들의 힘에 어떻게 대항할 것인가, 파렌 콘스탄? 자네의 행동이 기대되는군.'

두 명의 기병과 함께 이동하던 아젤란도의 눈에 까마귀 떼가 보였다. 땅에 있는 뭔가를 쪼아 먹느라 정신이 없는 그 검은 조류들의 모습에 아젤란도의 눈이 지그시 감겼다.

'이럴 수가⋯⋯!'

마법을 이용한 고속 이동을 멈춘 그는 기병들에게 시신이 있는 곳으로 가보라는 지시를 내렸다. 지시에 따라 무기로 까마귀들을 쫓은 기사들은 참혹하게 남겨진 여성의 시신을 보고 눈살을 찌푸렸다.

"혹시 데보라님이 아니신가?"

"뭐라고?"

"복장을 보게. 분명 아침에 입으셨던 옷이네."

"……아, 이런."

너덜너덜해진 시신의 복장과 얼굴의 구조 등으로 그녀가 데보라라는 사실을 알아차린 젊은 기사들은 안타까움에 말을 내놓지 못했다. 그녀와 친분이 있었던 한 명은 슬픔을 주체하지 못하고 눈물을 흘렸다.

아젤란도가 무겁게 입을 열었다.

"수습해 주겠나?"

"맡겨주십시오, 대법관님."

아젤란도는 기사들에게 수습되는 최고 선임 제자의 시신을 보며 생각에 잠겼다.

운명이란 그가 가장 싫어하는 개념이다. 되짚기도 힘든 과거의 어느 날, 그의 스승으로부터 들은 운명에 대한 이야기는 젊은 그의 심장을 분노로 팽창시켰다. 마치 연극처럼, 세상의 모든 것들이 누군가가 미리 정해놓은 수순에 따라 태어나고 종말을 맞는다는 이야기를 그는 납득할 수가 없었다.

운명부정론자가 되기로 결심한 그가 가장 먼저 행한 것은 금기의 타파였다. 그는 마법사가 세상에 나와서는 안 된다는 금기, 그리고 마녀와 접촉해서는 안 된다는 금기를 우선적으로 깰 것을 다짐했다.

오랜 여행을 한 끝에 그가 만난 마녀가 바로 네벨의 선대인 조슈벨이었다. 첫 만남은 우연에 가까웠다. 비를 피해 작은 여관에 들른 젊은 마법사는 비슷한 또래로 보이는, 커다란 모자를 쓴 생강색 머리의 여성과 마주 앉게 되었다. 젊은 아젤란도가 느낀 그녀의 첫인상은 괴리감이었다. 다 큰 여성이 어린아이처럼 주먹을 쥐듯 숟가락을 잡고 수프를 뜨는 거친 모습은 예민한 그를 불쾌하게 만들었다.

숟가락을 똑바로 드는 것이 어떻겠냐는 그의 제안에 조슈벨은 친절한 마법사가 나타났다는 말로 응수했다. 일반인이 마법사의 정체를 한눈에 알아내는 것은 불가능했다. 그가 마녀임을 깨달은 아젤란도는 태도를 고치고 정중히 그녀를 대했다.

이후 둘은 버려진 저택에 자리를 잡고 오랜 시간 마법에 대한 연구와 교류를 진지하게 나눴다. 전설 수준의 마녀인 조슈벨의 마법 지식은 아젤란도의 상상 이상이었다. 그녀와 함께 마법을 연구하는 일은 젊은 아젤란도에게 있어서 전에 없는 즐거움을 주었다.

그러던 어느 날, 조슈벨이 자신과 함께 웨스트리치 대륙을 떠나자는 제안을 아젤란도에게 던졌다. 당시 그녀의 말뜻을 이해하지 못했던 아젤란도는 연구할 것이 많다는 말로 그녀의 제안을 거절했다.

긴 시간이 흐른 뒤, 조슈벨과 헤어져 개인 연구를 계속하던 아젤란도는 조슈벨로부터 한 장의 편지를 받았다.

그 편지에는 자신에게 아이가 생겼다는 짧은 글귀가 적혀 있었다. 아젤란도는 스승과 동료들의 만류를 뿌리치고 정신이 나간 사람처럼 조슈벨을 찾아 나섰다. 모든 일에 냉담하기만 했던 그가 당시 느낀 감정은 무서운 질투심이었다.

조슈벨의 고향이 어디인지 알지 못했던 그는 대책없이 조슈벨과 함께 연구를 했던 저택으로 갔다. 다행히도 조슈벨은 그곳에 있었고, 그녀는 편지에 쓴 대로 갓난아이를 품에 안고 있었다.

누구의 아이냐고 급히 묻는 그에게 조슈벨은 마녀의 가장 큰 비밀 중 하나인 마녀의 탄생과 죽음에 대해 이야기해 주었다. 위치 메이커(Witch Maker)에게 다음 세대를 이끌 아이를 받는 마녀는 그 아이가 성장을 마칠 무렵 무슨 이유에서든 운명적인 죽음을 맞이한다는 말에 아젤란도는 오랫동안 잊고 있었던 운명에 대한 분노를 되살렸다.

젊은 아젤란도가 택한 방법은 조슈벨에게 죽음을 안겨줄 존재, 즉 후대의 마녀를 제거하는 극단적인 일이었다. 아젤란도에게 후대를 강탈당한 조슈벨은 다른 마녀들과 연합하여 전쟁을 선포했고, 마녀와 마법사들 사이에서 벌어진 그 전쟁은 아젤란도의 새로운 마법을 앞세운 마법사들의 승리로 끝났다.

당시 큰 부상을 입은 조슈벨은 영원히 아젤란도를 저주하겠다는 말을 남긴 뒤 고향으로 돌아갔다. 그것으로 그녀의 수명을 연장시켰다고 확신한 아젤란도는 자신이 빼앗아온 아이를 완전히 제거하려다가 심한 가책을 느낀 끝에 결국 이행하지 못했다.

그때의 그 아이, 데보라의 주검을 살펴보던 아젤란도는 그녀의 가슴에 새겨진 큰 상처를 유심히 봤다.

'검에 의한 상처로군. 니콜라인가?'

일찌감치 냉정을 되찾은 그는 주변을 살폈다. 그 근방은 대단히 큰 싸움이 있었다는 것을 호소하듯 완전히 엉망이었다.

그는 거기서 이상한 점을 발견했다.

'마법이 발동한 흔적이 거의 없지 않나?'

그의 판단대로 마법의 흔적은 고작 두 개 정도였다.

'도대체 이곳에서 무슨 일이 벌어진 것인가?'

그의 머릿속에서 키르히 펙터라는 이름은 철저히 배제되었다. 데보라를 덮었던 키르히의 코트가 그곳에 있었다면 모르겠지만 코트는 무슨 이유에서인지 온데간데없었다.

고민하던 아젤란도는 고개를 흔들었다. 그는 망토로 데보라의 시신을 두르는 것으로 수습을 마친 기사들에게 말했다.

"자네들은 본진으로 돌아가게. 난 특무상사가 있는 곳으로 가보겠네."

기사들이 근심 어린 얼굴로 그를 봤다.

"우리가 이길 수 있는 겁니까, 대법관님?"

아젤란도는 뭐라고 말을 하려다가 쓴웃음을 지었다. 하마터면 운명이라는 말을 내뱉을 뻔했던 것이다.

"싸워봐야지."

냉담하고 비인간적이기만 했던 그에게서 의외의 대답을 들은 기사들은 서로를 잠시 본 뒤 경건히 예를 올렸다.

"무운을 빌겠습니다."

"알았으니 가보게."

"예, 대법관님."

아젤란도와 기사들이 각기 다른 방향으로 이동했다.

한편, 파렌은 윈드 헨지 위에 열린 공간왜곡의 문이 에너지의 파문을 일으키며 반응하는 모습을 묵묵히 지켜보고 있었다. 그의 곁에 선 테르나는 이따금씩 주변을 살폈다. 아직까지 소식이 없는 프란츠와 키르히가 혹시나 이쪽으로 오지 않을까 하는 기대였다.

"무엇을 해야 할지 모르겠다는 얼굴이로군, 콘스탄 특무상사."

파렌은 자신을 부른 역전체 남자를 봤다. 오른팔을 잃은 채 랑펠 세르바토프의 발밑에 쓰러진 황금갑옷의 지휘관, 아이바크는 깨진 갑옷의 틈새로 흉하게 드러난 늑골들을 움직이며 웃었다.

"후후, 어설프게 시간을 끌려다가 당한 자의 말이 신경 쓰이는가? 신중히 판단하게. 자네의 그 운을 믿어보는 것도 좋아."

아이바크의 말을 무시하듯 고개를 돌린 파렌은 이대로 문을 부숴야 할지 고민했다. 그는 일단 작은 조언자의 힘을 빌려보기로 했다.

"네벨."

데보라의 마지막 지시에 따라 파렌의 곁으로 온 꼬마 마녀는 데보라에 대한 걱정에 정신이 없었다. 몇 번이나 불렀지만 대답이 없자 파렌은 그녀의 옆으로 다가갔다.

"네벨?"

"아, 특무상사님."

"공간왜곡의 문에서 특별히 느껴지는 것이 있나?"

걱정으로 흐려졌던 네벨의 눈동자가 다시 맑아졌다.

"알아보겠습니다."

애써 마음을 다잡은 소녀는 공간왜곡의 문에 정신을 집중했다. 랑펠은 소녀의 그 모습을 보고 마음이 설레었다.

'보고 계십니까, 마님? 마님께서 예언하신 대로 아가씨는 밝게 빛나고 계십니다.'

그는 갑옷의 앞면에 묻은 먼지를 털었다. 무슨 일이 있을 때마다 그곳을 껴안던 네벨의 모습을 앞으로는 볼 수 없을 것 같다는 아쉬움이 노인검사의 손길에 묻어났다.

조사를 마친 네벨이 조심스레 말했다.

"저 문과 문의 반대편에 이어진 또 다른 문이 공명하고 있습니다. 뭔가가 이쪽을 통과하려는 것 같습니다."

"그렇다면 서둘러 파괴하는 쪽이 낫겠군."

"그렇습니다."

"가능하겠나?"

"주문을 준비할 시간이 좀 필요하긴 하지만…… 가능합니다."

"그럼 부탁하지."

그녀에게 일을 맡긴 파렌은 무심코 뒤를 봤다.

항상 절도있고 깔끔한 그의 동작이 순간 엉키며 주춤했다. 공격 주문을 준비하던 네벨과 그녀를 지켜보던 테르나, 랑펠 모두 뱀을 앞둔 쥐처럼 굳어졌다.

눈과 팔다리를 잃은 천요, 니콜라가 그들의 앞에 앉아 있었다. 편히 앉은 것이 아니라 주저앉은 상태였지만 그녀가 흘리는 냉기는 여전히 위협적이었다.

"후, 여기에 다 있었네? 안심해. 싸우기 위해서 온 건 아니야. 난 많이 다쳤어."

파렌이 묻기 전에 네벨이 앞서 목소리를 높였다.

"누구와 싸운 겁니까? 중사님입니까, 아니면 제 스승님이십니까?"

피로에 찌든 얼굴로 숨을 고르던 니콜라는 고개를 갸웃거렸다.

"둘 다…… 라고 말하는 쪽이 맞나?"

"그럼 두 분은 어찌 되셨습니까?"

"마법사는 죽었어."

그와 동시에 네벨의 마력이 폭발적으로 증가했다. 주황색 눈동자에서 발광하는 빛의 근원은 마력이 아니라 극한 분노였다.

"당신이……! 네가! 네가 스승님을!"

"으응, 난 아냐. 난 마법사를 죽이지 않았어."

"예? 그렇다면 누가 그런 짓을 한 겁니까!"

"키르히야."

앉은 채 넋을 놓고 중얼거린 니콜라는 되살아나는 공포를 주체하지 못하고 결국 고함을 질렀다.

"키르히 펙터, 그 괴물이라고! 녀석이 날 이렇게 만들고 마법사를 칼로 찔러 죽였어!"

"힉……."

애역(呃疫:딸꾹질)에 걸린 사람처럼 목에서 이상한 소

리를 낸 네벨은 중심을 잃고 두어 발자국 뒤로 물러났다. 파렌이 급히 등을 받쳐 준 덕분에 그녀가 뒤로 넘어지거나 주저앉는 일은 없었다.

니콜라는 왼손으로 자신의 머리를 움켜쥐며 외쳤다.

"난 봤단 말이야! 키르히 펙터가 칼로 마법사의 가슴을 찌르고 그 피를 마셨다고! 날 물어뜯기까지 했어! 지금껏 본 적이 없는 괴물로 변해서!"

핏기 없는 얼굴로 그녀를 지켜보던 네벨이 지팡이를 든 손에 힘을 넣었다. 소녀의 인상이 전에 없이 험악해졌다.

"거짓말하지 마! 다 거짓말이야! 그런 헛소리로 목숨을 구걸하지 마!"

네벨의 눈동자에서 뿜어지는 빛이 폭발적으로 변했다. 그 기세에 파렌은 물론 주변에서 숨을 죽이고 지켜보던 보병부대까지 압도당했다.

소녀는 지팡이를 놓고 두 손을 니콜라 쪽으로 모았다. 그녀의 지팡이가 땅에 쓰러지는 것을 본 랑펠은 불길함에 눈을 부릅떴고, 파렌은 분노하는 네벨을 진정시키기 위해 그녀의 작은 어깨 쪽으로 손을 뻗었다.

"네벨, 진정해!"

하지만 파렌은 그녀의 몸으로부터 퍼진 마력의 압력에 밀려 나가고 말았다. 네벨이 밟고 있는 땅을 중심으로 주변이 반구형으로 움푹 꺼졌다.

"스승님은 죽지 않았어! 괴물은 중사님이 아니야! 괴물은 너야!"

주변의 공기와 수분이 귀를 찢는 굉음을 일으키며 네벨의 손앞에 모여들었다. 압축을 시작한 물질들의 모습은 차츰 끝이 뾰족하게 다듬어진 포탄처럼 변했다.

테르나는 마력의 장벽 너머로 네벨의 입술이 재봉틀의 바늘처럼 빠르게 움직이는 것을 목격했다.

'뭐 하는 거야, 네벨? 그렇게 무서운 얼굴로……?'

마법에 대한 지식이 없는 테르나에게 네벨의 주문 가속법은 괴기스러운 모습일 뿐이었다.

네벨이 사용하려는 주문이 무엇인지 알아차린 랑펠은 황급히 네벨에게 뛰어갔다. 그는 마력의 중심에 있는 네벨을 향해 손을 내밀었으나 마력의 장벽을 통과한 그의 손은 마력의 압력을 못 이기고 강철장갑과 함께 회색의 가루로 변해 분해되었다.

"아, 아가씨!"

랑펠은 손을 급히 거뒀다. 부서졌던 그의 손과 장갑이 서서히 재생되었다.

집중력을 생명으로 하는 마법사와 마녀에게 분노라는 감정은 커다란 적이었다. 그런데 그 분노가 네벨 자신도 알지 못했던 재능을 일깨워 주었다. 수치로 표현하기는 힘들지만 그녀는 평소의 몇 배에 달하는 집중력을 발휘

해 자신의 선대 마녀, 조슈벨이 가르쳐 주었던 최고급의
마법을 고속으로 완성시키고 있었다.

형상을 거의 갖춘 마법포탄은 유선형 모양이었고 압축
된 공기와 수분으로 하얗게 빛나는 표면에는 마법의 문
자들이 어지럽게 빛나고 있었다. 높이도 네벨의 키를 능
가했다. 니콜라는 갑자기 발동한 네벨의 무서운 힘에 놀
라 급히 자리를 떠나려고 했지만 분노로 빛나는 네벨의
눈동자는 그녀를 정조준하고 있었다.

마침내 네벨은 주문을 마무리 지었다.

"억압당한 안개의 마녀는 바람과 물의 힘으로 자유의
사수(Der Freischutz)가 될지어니! 폭도여, 마탄(魔彈)의 탄
핵을 경건히 수용하라!"

준비가 끝난 마법의 탄환이 강렬한 후폭풍을 일으키며
니콜라를 향해 날아갔다. 폭풍은 주문을 완성한 네벨 자
신까지 날려 보낼 정도였다. 충격의 대부분은 미리 깔아
둔 마력으로 흡수했지만 공중에 뜨는 것까진 막지 못했
던 네벨은 대단히 위험한 지경에 빠졌음에도 불구하고
니콜라에게 꽂은 시선을 떼지 않았다.

"아아악!"

니콜라는 비명을 지르며 얼음의 장벽을 만들었다. 육
각형의 장벽은 순식간에 구축됐지만 상태는 그녀가 입은
부상만큼이나 심각했다. 균열은 물론 군데군데 허물어진

부분까지 보였다.

니콜라가 부상을 당하지 않았다면 네벨은 아마도 주문을 완성하기 전에 목숨을 잃었거나 자신이 만든 마법의 탄환이 니콜라의 힘에 부서지는 광경을 봐야 했을 것이다. 그러나 심각한 부상으로 힘의 대부분을 잃은 니콜라는 마법의 탄환을 막을 수가 없었다.

탄환이 니콜라의 얼음 장벽을 한순간에 부쉈다. 파렌을 비롯한 모두가 성공을 확신하는 가운데, 그들이 아직 알지 못했던 사실이 흰 빛을 일으키며 강림했다.

마법의 탄환이 갑자기 멎었다. 믿을 수 없다는 얼굴로 추락하는 네벨을 랑펠이 가까스로 받아냈다.

"마탄이……?"

공포에 질린 니콜라의 앞에는 코트 위에 연황색 목도리를 두껍게 두른 금발의 남자가 서 있었다. 네벨이 날린 마법의 탄환은 그의 몸 앞에 멈춰 있었다. 그가 어떻게 나타나는지 보지 못했던 모두는 경악을 금치 못했다.

"주인님!"

니콜라는 감격하여 남자의 옆에 매달렸다. 쓰러져 있던 아이바크는 남은 하나의 주먹을 불끈 쥐며 구원자의 강림을 기뻐했다. 하지만 니콜라를 구한 수수께끼의 남자, 미하엘은 불쾌한 표정이었다.

벌레를 쫓듯 네벨의 마법탄환을 손으로 훑어 간단히

없앤 미하엘은 바들바들 떠는 니콜라를 봤다.

"실망이로구나, 니콜라."

"주, 주인님! 니콜라가 잘못한 게 아닙니다! 마법사가 절 방해했습니다! 그리고 키르히 펙터가 이상하게 변해서 절 공격했습니다! 그들이 모든 걸 망쳤습니다! 믿어주세요, 주인님!"

호소하는 니콜라를 내려다보는 그의 눈은 싸늘하기만 했다.

"설명하지 않아도 된단다. 모두 지켜보고 있었으니까. '너의 키르히 펙터'는 무심한 사람이더구나. 네 간절한 마음을 끝까지 이해해 주지 않았으니까."

니콜라가 움찔했다. 미하엘은 몸을 숙여 그녀의 가슴팍을 향해 흰 손을 내밀었다.

"주, 주인님! 용서해 주십시오! 니콜라는, 니콜라는……!"

"알고 있단다."

그가 밝게 웃었다. 그의 손에 닿은 니콜라의 몸에서 푸른색의 냉기가 터졌다.

"아, 아아…… 주인님!"

니콜라가 벌떡 일어났다. 어째서 살아 있는 것인지 의심이 될 정도로 손상이 심각했던 그녀의 몸은 마치 시간을 되돌린 것처럼 말끔히 회복되어 있었다. 잘린 눈과 팔다리는 물론 찢어진 옷까지도 멀쩡해졌다.

미하엘은 되돌아온 몸을 둘러보며 기뻐하는 니콜라의 머리를 상냥하게 만져 주었다.

"난 네가 생각하는 것 이상으로 널 아낀단다. 부디 알아주렴, 니콜라."

"예, 주인님!"

부상과 공포로 흔들렸던 니콜라의 사파이어색 눈동자에 다시금 살기가 맺혔다.

"이번에야말로 키르히 펙터를 제거하겠습니다! 니콜라의 모든 것을 걸고!"

"고맙구나."

두 손으로 그녀를 보듬어준 미하엘은 쓰러진 아이바크에게 다가갔다.

"아이바크 장군, 당신이야말로 수고가 많았습니다. 부하들을 모두 잃고 자신의 목숨마저 내놓으면서까지 시간을 만들어주다니, 역시 믿을 만하군요."

"알았으면 어떻게 좀 해주시오. 아무리 역전체라고 해도 통증은 느끼는 법이니까."

"알겠습니다."

미하엘이 그의 황금갑옷에 손을 댔다. 하얀 빛과 함께 아이바크도 니콜라처럼 멀쩡한 몸을 되찾았다.

자신이 역전체가 아닌, 따뜻한 피가 흐르는 원래의 몸으로 되돌아오지 않을까 기대했던 아이바크는 갑옷의 틈새에서 삐걱거리는 자신의 관절을 보고 쓴웃음을 지었다.

"역시 대단하구려. 죽은 부하들은 살려줄 수 있소?"

"제가 발휘한 힘은 복구가 아니라 시간의 역회전입니다. 부서진 몸은 얼마든지 되돌릴 수 있지만 죽음의 강을 건넌 영혼까지 되돌리는 것은 저의 능력 밖입니다. 껍데기뿐인 부하들을 지휘하고 싶으시진 않으시겠지요?"

"흠."

아이바크는 허리에 찬 검의 자루에 손을 댔다. 뽑으려는 것이 아니라 확인하려는 것이었다. 그의 오른팔과 함께 어딘가로 날아갔던 보검은 허리에 단단히 매달려 있었다.

'이상한 마음을 품었다가는 단숨에 흙으로 변해 버리겠군. 이 정도라면 거의 신이 아닌가?'

미하엘이 반가운 얼굴로 두 팔을 벌렸다.

"좋은 일이 이어지는군요. 저기 당신의 친구들이 오고 있습니다."

아이바크뿐만 아니라 파렌의 일행들도 미하엘이 가리킨 곳을 봤다. 아이작 캐러거와 알리 뮤리안, 그리고 그들을 수행하는 십여 명의 화이트맨틀들이 이쪽으로 달려오고 있었다.

파렌은 캐러거와 함께 말을 타고 있는 젊은이를 보고

마른침을 삼켰다.

'아셀 더 아발론!'

그는 아셀을 잡고 있는 자가 브리스톤의 전설, 아이작 캐러거라는 사실까지는 알지 못했다. 하지만 지금 누군가가 그 사실을 알려준다고 해도 파렌은 귀를 기울이지 않았을 것이다. 중요한 것은 아셀을 누가 잡았느냐가 아니라 아셀을 잡은 자가 왜 하필 지금 나타났느냐 하는 점이었다.

네벨을 안은 채 미하엘과 니콜라, 역전체들의 모습을 지켜보던 랑펠은 뭔가 결심한 듯 파렌에게 다가갔다.

"이보게."

현 상황을 어떻게 해결할지 고민에 빠진 파렌은 그의 부름에 응답하지 않았다. 씩 웃은 노인검사는 안고 있는 네벨을 내려준 뒤 파렌의 등을 손바닥으로 쳤다.

"정신 차리게."

"세르바토프님?"

랑펠은 생각을 중단하고 고개를 돌린 파렌에게 네벨을 떠밀었다.

"전략의 시간은 끝났네. 이미 뒤엎인 장기판이야. 특무상사는 아젤란도가 있는 곳으로 가게. 그 늙은이라면 어떻게든 해주겠지. 시간은 내가 끌도록 할 테니 어서 움직이게."

"안 됩니다, 랑펠! 상대는⋯⋯!"

네벨이 걸어와 손을 뻗었으나 랑펠은 뒤로 물러서서 그녀의 손길을 거부했다.

"소인의 목숨은 아가씨께 있습니다. 소인이 행여나 이곳에서 쓰러진다고 해도 다음 만월까지는 고작 닷새가 남았을 뿐, 영원히 헤어질 일은 없습니다. 이 노물이 만들어 드릴 시간을 충분히 활용해 주십시오."

"⋯⋯."

네벨은 입술을 깨물고 몸을 떨었다. 파렌은 좌절감으로 물들려는 눈을 굳게 감았다.

"테르나, 각 지휘관들에게 후퇴신호를 보내줘."

"알았어."

대답을 하긴 했으나 테르나는 쉽지 않을 것이라고 판단했다. 랑펠이 어떤 식으로 시간을 벌어주려는 것인지 알 길은 없었지만 아셀의 등장과 함께 혼란에 빠진 보병 부대원들을 일깨울 만큼 획기적일 것 같지는 않았기 때문이다.

대검을 뽑아 든 랑펠은 성난 들소처럼 미하엘이 있는 곳을 향해 뛰었다. 역전체에게 붙잡힌 아셀 때문에 정신이 없던 보병들은 맹렬한 기세로 펄럭거리는 랑펠의 검은색 망토에 시선을 빼앗겼다.

"무엇하잖아, 영감!"

랑펠이 미하엘을 보고 있음을 느낀 니콜라는 회복된 몸을 시험하기라도 하듯 전력을 다해 움직였다. 얼음의 대검을 만든 니콜라는 랑펠이 지나갈 것으로 예상되는 길목으로 뛰었다.

"역시 초보군!"

랑펠의 진행 방향이 니콜라의 앞에서 갑자기 꺾였다. 두 발을 땅에 붙이면서 탄력을 잃은 니콜라가 그를 뒤쫓는 것은 무리였다. 랑펠 역시 온 힘을 다해 움직이고 있었다.

노인검사가 노리는 것은 캐러거의 앞에 탄 아셀이었다. 랑펠은 하얀 왕과 칠흑의 왕에 대한 이야기를 대충이나마 알고 있었다. 역전체들이 그를 이곳에 데려온 목적까지는 알 수 없었지만 역전체들이 살아 있는 아셀을 원한다는 것만은 확실했다.

그런 아셀을 지금 죽인다면 시간을 벌 수 있을 뿐만 아니라 역전체들의 계획까지도 망가뜨릴 수 있다. 그것이 랑펠의 생각이었다.

캐러거와 알리 뮤리안이 각자의 무기를 들고 랑펠을 막으려 했다. 배반감과 죄책감에 흐려져 있던 아셀의 눈이 자신에게 살의를 쏟아내며 뛰어오는 랑펠의 모습에 점차 맑아졌다. 그는 순진하긴 했지만 바보는 아니었다.

"으아아!"

갑자기 아셀이 캐러거의 팔을 붙들고 늘어졌다. 랑펠

은 캐러거를 방해하는 아셀의 모습을 보고 마음이 아팠으나 검을 쥔 손에 힘을 빼진 않았다.

순식간에 거리를 좁힌 랑펠은 고함을 지르며 젊은 왕에게 검을 휘둘렀다.

"저는 생물을 죽일 수가 없습니다."

갑자기 귓가에 들려온 목소리에 랑펠이 움찔했다. 그는 자신이 그림 속의 인물처럼 멈춰 있을 뿐만 아니라 자유롭게 움직이지도 못한다는 사실을 깨달았다. 그러나 의식은 멀쩡했다. 그런 초현실적인 상황에 놓인 랑펠의 눈앞에 찬란한 금발이 휘날렸다.

미하엘이 그의 안면에 손을 댔다.

"하지만 당신은 생물이 아니지요."

"으음……!"

다음 순간 모두가 본 것은 망치에 맞은 석고상처럼 상반신이 터지는 랑펠의 모습이었다.

흰 가루가 아셀과 캐러거, 알리 뮤리안에게 쏟아졌다. 주인을 잃은 대검과 우람한 두 팔, 그리고 허리 아래의 하반신이 무참히 땅에 떨어졌다.

그 모든 상황을 목격해 버린 네벨이 자리에 털썩 주저앉았다.

"라, 랑펠……? 랑펠! 랑펠!"

울부짖는 그녀의 눈앞에 미하엘이 나타났다. 파렌의

정면에 선 금색 장발의 남자는 자신과 대치되는 색의 옷을 입은 검은 장발의 남자에게 눈웃음을 지었다.

"인사도 나누지 못했는데 어딜 가시는 겁니까, 파렌 콘스탄."

파렌은 반사적으로 슈트롬 팔켄을 들어 그의 목을 향해 휘둘렀다. 그러나 미하엘은 다치지 않았다. 아니, 맞지 않았다.

어깨를 으쓱한 미하엘은 더욱 진한 미소를 지었다.

"당신을 모시기 위해 준비한 선물이 있습니다. 자, 보시지요."

그가 오른쪽 손가락을 튕겼다. 황금색 쇠사슬에 몸이 묶인 프란츠가 번쩍 나타나더니 땅에 떨어졌다. 어른 무릎 높이에서 떨어진 것이기에 몸에 상처는 없었지만 그녀는 의식을 잃고 있었다.

"프란츠!"

그녀에게 뛰어가려는 테르나의 앞을 니콜라가 막아섰다. 주춤한 그녀를 보며 씩 웃은 니콜라는 프란츠를 들고 공중으로 떠올랐다.

미하엘은 니콜라에게 잡힌 프란츠를 향해 손을 들었다.

"어떻습니까? 당신은 모르겠지만 그녀는 당신과 특별한 인연으로 맺어져 있습니다. 지금 당신의 곁에 있는 여성도 그렇지만…… 흠, 지금 중요한 이야기는 아니군요.

아무튼 당신이 제 요구에 따르지 않는다면 니콜라가 그녀를 죽일 겁니다. 그렇게 되면 큰일이겠지요?"

"무슨 말을 하는 건가!"

파렌이 고함을 질렀다. 그의 음성을 통해 뭔가를 느낀 듯 미하엘은 두 팔로 자신의 몸을 감쌌다.

"아아, 이제 모든 준비가 끝났습니다. 정말 오랜 기다림이었습니다."

파렌은 나르시시즘(Narcissism)에 빠진 듯한 상대를 금방이라도 죽일 듯이 노려봤다.

미하엘이 다시 눈을 뜨고 그를 봤다.

"때가 됐습니다, 칠흑의 왕이여. 눈을 뜨십시오."

미하엘의 붉은 눈동자가 빛을 발했다. 그는 자신의 그 불가사의한 눈빛으로 파렌을 도발했다. 그러나 파렌은 노려보기만 할 뿐, 그 이상의 일은 저지르지 않았다. 만약 여기서 이성을 잃고 화를 낸다면 뭔가 위험하게 느껴지는 미하엘의 목적이 이루어질 것 같았기 때문이다.

그러자 미하엘이 고개를 갸웃했다.

"역시 냉정하군요. 좀 더 강한 자극을 원하십니까? 그렇다면 품위가 떨어지는 방법을 써도 이해해 주십시오. 모두가 세상을 위한 일입니다."

그가 니콜라에게 손짓했다. 이에 니콜라의 얼음 대검이 프란츠의 목을 찔렀다. 피부를 살짝 파고든 정도였지만 피는 대검의 표면을 타고 조금씩 흘러내렸다.

그 통증에 프란츠가 눈을 번쩍 떴다. 하마터면 비명을 지를 뻔한 프란츠는 입술을 깨문 채 주위를 살폈다. 자신은 소재 불명의 사슬에 묶인 채 니콜라에게 붙들려 있었고, 파렌은 금발의 남자와 대면하고 있었다.

'저 남자…… 이름이 미하엘이라고 했던가? 아무래도 난 인질이 된 것 같군.'

니콜라는 통증을 참는 프란츠를 보고 불만스레 입술을 내밀었다.

"어라? 왜 비명을 안 지르는 거야? 안 아파? 혹시 어디가 잘못됐어?"

그리곤 니콜라의 대검이 조금 더 깊숙이 살을 파고들었다. 그러나 프란츠는 눈만 부릅뜰 뿐, 신음조차 새어 나오지 않았다. 물론 아프지 않아서는 아니었다. 모두 샤튼으로 전출된 이후 각종 고문에 대한 훈련을 끊임없이 받아온 결과였다.

그녀는 점점 심해지는 통증을 무시하고 자신의 상태를 기계적으로 점검했다.

'몸에 특별한 부상은 없는 것 같군. 무장도 그대로야. 물론 내 무장을 해제할 필요성을 못 느껴서 그랬겠지만…… 그래도 사슬로 묶다니, 무슨 생각으로 저지른 짓이지?'

프란츠는 몸에 힘을 주어 자신을 압박하는 사슬의 감촉을 느껴봤다.

'일반적인 사슬이 아니군. 자물쇠가 느껴지지 않아. 사슬이 엉성하게 감긴 것도 아니야. 후, 웃기는군. 자살조차 못하게 됐잖아? 이 프란츠 파브레힐트의 최후가 고작 방해물이란 말인가?'

프란츠의 목에서 흘러나온 피가 니콜라의 칼날을 타고 차갑게 식어 땅에 떨어졌다. 출혈의 양이 많아질수록 파렌의 인내심은 한계에 가까워졌다.

미하엘은 점점 강해지는 칠흑의 기운을 느끼고 마음속으로 기뻐했다.

'아아, 나의 긴 방황이 이제야 끝나는구나. 나의 별이여, 내가 오랫동안 몰랐던 존재여, 나의 유일한, 오만한, 그리고 어리석은 친구여, 그대들의 오랜 기다림에 종지부를 찍어줄 때가 왔다.'

지금 이 순간을 즐기겠다는 듯 미하엘이 조용히 눈꺼풀을 감았다.

결국 파렌이 소리쳤다.

"그만둬라! 이런 짓을 해서 그대가 얻는 이익이 도대체 무엇이란 말인가!"

미하엘이 눈을 떴다.

"말씀드렸지 않습니까? 그대에게 잠재된 칠흑의 왕입

니다."

"칠흑의 왕이 가진 힘이 필요한 건가?"

"하하, 오해를 샀군요. 그렇지 않습니다. 하얀 왕과 칠흑의 왕 모두 제가 질투할 만한 힘을 가진 존재는 아닙니다. 그렇게 대단한 힘을 가진 존재들이라면 저런 모습을 보여줄 리도 없지요."

파렌은 캐러거에게 뒷덜미를 잡힌 채 꼼짝도 못하는 아셀 더 아발론을 보고 실망감과 궁금함을 함께 느꼈다.

"그럼 그대가 바라는 것은 도대체 뭔가?"

"두 왕의 멸살입니다. 간단하지요? 전 그 목적만 이루면 됩니다. 그것 말고는 인간이라는 동물들에게 더 이상 볼일이 없습니다."

"그렇게 간단한 일이라면 일을 여기까지 끌고 올 이유가 없지 않나? 그대와 니콜라의 능력이라면 아셀 왕과 나를 죽이는 일은 그야말로 아무것도 아닐 터인데?"

"그야말로 무식한 발언이로군요."

미소가 사라지지 않을 것만 같던 미하엘의 표정이 급격히 상기되었다.

"부족한 지식으로 세상의 이치를 넘겨짚지 마십시오. 당신과 하얀 왕이 살아온 인생은 고작 30년도 안 되지만 당신들이라는 존재는 무려 1000년 이상을 보호받고 있었습니다. 영겁에 가까운 단위의 오차까지 계산된 우주적

확률의 빈틈, 그것을 노리는 것이 얼마나 힘든 일인지 아십니까? 아아, 모르시겠지요. 저를 이곳에 데려온 존재들조차 계산할 수 없었던 일이니까요."

"뭐라고?"

파렌은 미하엘의 말을 이해할 수 없었다.

미하엘이 파렌에게 오른손을 내밀었다. 오로라를 연상시키는 하얀색의 파동이 그의 손을 출발하여 파렌을 향해 밀려왔다.

"이 작은 섬나라를 기회의 땅으로 삼은 것에는 이유가 있습니다. 이곳은 지도상 웨스트리치 대륙에 속해 있지만 그것은 인간들이 제멋대로 정한 기준일 뿐, 사실 두 곳은 바다 속에서 만난 별개의 대륙입니다. 당신들의 미디엄에겐 일종의 치외법권 같은 곳이지요. 마법사라는 이름의 변종들이 이 나라에서 활개를 칠 수 있었던 것도 다그런 이유에 기인한 것입니다."

미하엘의 파동이 점점 더 강해졌다.

"하지만 조사 내용과 달리 완전한 독립구역은 아니더군요. 당신을 제 힘으로 직접 각성시키는 것은 미디엄을 피하기 위한 저의 노력에 해를 끼칠 수도 있는 일이기 때문에 가급적 간접적인 방법을 유지하려고 했지만…… 안 되겠습니다. 약속한 시간을 전부 소모한 만큼 어쩔 수 없을 것 같군요."

미하엘의 눈에서 빛나는 붉은 빛이 무섭도록 강렬해졌다.

"간단히 말해서 제가 급해졌다 이겁니다."

부드러운 곡선을 품고 있던 파동이 폭풍우처럼 변했다. 파렌은 자신에게 닥쳐온 그 힘을 그저 보고만 있을 수밖에 없었다.

미하엘과 아이바크, 캐러거, 알리 뮤리안의 표정이 차례로 변했다. 그 외의 인물들, 니콜라까지 포함한 다른 이들의 얼굴은 그들보다 훨씬 늦게 바뀌었다.

가장 늦게 안색을 바꾼 사람은 미하엘의 힘을 정면으로 맞은 파렌이었다. 그렇다고 나쁜 쪽으로 변한 것도 아니었다. 그는 미하엘이 해준 어렵고 진지한 이야기와 직접적인 힘을 발휘한 보람도 없이 납득할 수 없다는 표정만 짓고 있었다.

파렌에게 일말의 변화도 느끼지 못한 미하엘은 예상을 완전히 벗어난 상황에 당황한 나머지 한참 동안 말을 꺼내지 못했다.

"어찌 된 겁니까? 칠흑의 왕은 분명 바란투로스에서 태어날 터인데……?"

갑자기 말을 멈춘 미하엘이 왼손으로 자신의 얼굴을 세게 덮었다.

"설마, 나이트 오브 오미너스?"

그때 윈드 헨지 위에 열린 공간왜곡의 문으로부터 격렬한 반응이 일어났다. 공간왜곡의 빛을 바라보는 미하엘의 표정이 싸늘해졌다.

'기다렸다는 듯이 나타나는군, 값싼 왕이여.'

공간왜곡의 문으로부터 인간의 뼈로 보이는 하얀색 물체가 툭툭 빠져나왔다. 그것은 인간의 팔과 다리, 그리고 갈비뼈의 일부였다. 잠시 후, 거대한 둑에서 터진 홍수처럼 규모를 헤아리기 힘든 뼈의 물결이 공간왜곡의 문틈으로부터 뿜어졌다. 브리스톤의 보병들은 한없이 밀려나오는 그 뼈의 홍수를 피하기 위해 비명을 지르며 사방으로 뛰었다.

그 '분출'이 끝난 후, 윈드 헨지는 마치 뼈를 숭배하는 이상한 종교단체의 저주받은 제단(祭壇)처럼 변했다.

말인지, 아니면 말의 형태를 한 괴물인지 분간이 안 될 정도로 거대한 말이 문으로부터 뛰어나왔다. 검은색의 두꺼운 마갑을 걸친 그 거대한 말이 땅을 밟자 지면 전체에 아련한 충격파가 흐르면서 윈드 헨지를 덮은 뼈들이 진동했다.

말의 안장 위에는 역전체가 앉아 있었다. 역전체가 입은 갑옷은 전투를 위해 제작되었다기보다는 예술품에 가까울 정도로 화려하고 거추장스러웠다.

갑옷의 기본바탕은 아이바크의 것과 같은 황금색이었

지만 형태는 땅을 밟은 모든 자들을 압도할 정도였다. 가장 눈에 띄는 것은 어깨에 얹은 갑주였다. 어깨갑옷의 뒷면에는 공작새의 꼬리 깃털을 무수히 꽂아 한 쌍의 날개처럼 보이도록 했고, 앞면에는 크고 두꺼운 녹색의 보석을 비늘처럼 촘촘히 박았다.

몸을 보호하는 갑옷의 뒷부분 역시 공작새의 깃털로 빽빽이 덮여 있었다. 100년여에 가까운 긴 시간이 흘렀음에도 불구하고 깃털의 대부분은 멀쩡했고 광택도 살아 있었다.

머리에 쓴 전면투구의 꼭대기엔 쉬드람 대륙의 특징적인 머리 장식이라 할 수 있는 터번이 올라가 있었다. 꽃봉오리를 연상케 하는 그 붉은색 터번은 착용자의 권력을 상징하듯 높고 풍성하며 거대했다.

그의 등장에 아이바크, 알리 뮤리안을 포함한 쉬드람 대륙의 역전체들이 무릎을 꿇고 경건히 예를 올렸다. 반면 캐러거와 그의 부하들은 무기를 놓고 몸만 숙였다.

"위대하신 술탄, 알 라흐만 노스라푸르여. 근위대장군 아이바크가 알라하르 신의 이름으로 당신을 영접하겠나이다."

아이바크의 인사에 술탄, 노스라푸르는 손을 들어 그에 답했다.

"수고했네, 아이바크. 많은 이들의 희생이 있었지만 자네의 생각대로 최선의 결과가 나온 것 같군."

최선의 결과라는 말에 미하엘의 표정이 더욱 가라앉았다. 니콜라는 프란츠를 찌르던 검을 빼고 투덜거렸다.

"쳇, 은혜도 모르는 해골 녀석들……!"

위기를 넘긴 탓인지 프란츠는 목의 통증이 몸 전체로 번지는 느낌을 받았다. 위험한 부분을 찌른 것이 아니라서 생명에는 지장이 없었지만 안색은 차츰 처절해졌다.

프란츠는 통증을 최대한 참으려 노스라푸르를 봤다.

'교과서에 나오는 그 술탄, 노스라푸르겠지? 혼자 이곳에 온 건가?'

그녀의 의문을 해소해 주듯 노스라푸르가 나온 공간왜곡의 문으로부터 수많은 쉬드람 역전체들이 쏟아져 나왔다. 대열을 칼같이 맞춘 채 밀려 나오는 역전체들의 숫자는 주변에 배치된 브리스톤 보병대의 숫자를 삽시간에 능가했다.

'뭔가를 할 수 있는 상황이 아니군. 어찌할 거지, 주인님? 이번에도 이길 수 있는 건가?'

그녀는 질문이 담긴 눈동자로 파렌을 봤다. 그녀의 걱정과 달리 파렌은 회중시계를 보며 주변을 살피고 있었다.

'뭔가 방법이 있는 건가?'

프란츠는 그렇게 되기를 바랐다. 맹목적인 생각은 아니었다. 그녀의 육감은 노스라푸르의 등장이 자신들에 대한 결정타가 아니라 훌륭한 기회라는 쪽에 무게를 두고 있었다.

술탄의 군대가 주변을 차츰 포위하는 가운데, 노스라푸르가 아이작 캐러거 쪽으로 말을 몰았다.

"약속을 지킨 전사, 아이작 캐러거여. 그대에 대한 칭송을 아낄 수가 없군."

"아직 증명된 일이 아닙니다, 술탄이여."

"아직까지 증명하지 않고 무엇을 한 건가?"

"술탄이 직접 확인하시기를 기다렸습니다."

"아주 간단한 일을 비효율적으로 처리하는군. 물론 내 손으로 하얀 왕의 존재와 그 유용성을 확인하는 것은 매우 기쁜 일이지."

노스라푸르가 검을 뽑아 들더니 아셀의 팔을 쳤다. 피부를 살짝 친 것에 불과했지만 상처가 긴 관계로 흐르는 피의 양은 제법 많았다.

팔에서 흘러내린 아셀의 피가 아이작 캐러거의 팔을 적셨다. 그러자 녹이 슨 그의 갑옷과 해골이 앙상한 그의 팔에 변화가 생겼다. 갑옷에 윤기가 흐르고 피부가 되살아났다.

피에 담긴 생기가 사라지면서 캐러거의 팔은 다시 역전체의 것으로 돌아왔지만 그 잠깐의 변화가 역전체들에게 주는 희망은 거대한 해일과도 같았다.

검을 거둔 노스라푸르는 두 주먹을 쥐며 크게 웃었다.

"이 기쁨, 어떻게 표현할 수가 없군. 세상 전부를 얻은 느낌이 이에 가까울까? 흐하하하하!"

아이바크와 알리 뮤리안이 고개를 숙였다.

"감축을 드립니다, 술탄!"

"감축드립니다!"

"알라하르 신의 이름으로 함께 기뻐하세, 형제들이여. 역시 신께서는 우리를 버리지 않으셨네. 아, 기뻐하기 전에 해야 할 일이 있군."

노스라푸르가 캐러거에게 직육면체 모양의 물체를 던졌다. 그것은 황금색으로 된 큰 도장이었다. 아기의 팔뚝만 한 그 도장을 받아 든 캐러거의 손에 힘이 들어갔다.

"약속을 이행하지. 이제 쉬드람의 군대가 브리스톤을 공격할 일은 없을 것이네. 행여나 브리스톤의 땅을 밟지 않은 자라 할지라도 자신이 브리스톤의 인간이라는 것을 증명할 수단만 가지고 있다면 우리는 어떠한 위해도 가하지 않을 것이네."

"감사합니다, 술탄."

"후후, 감사는 우리가 해야겠지. 하얀 왕을 받게, 아이바크."

"예, 술탄."

캐러거는 아이바크에게 아셀 왕을 넘겨주었다. 아셀은

자신을 마치 도구 취급하듯 넘기는 캐러거의 모습에 분노를 감추지 못했다.

"저주하오, 아이작 캐러거! 짐을 속인 당신을, 당신에게 속은 짐을!"

"속이다니, 말씀이 과하십니다. 백성들을 위해 살아가는 것이 왕의 의무이고, 왕께서 그 의무를 다하실 수 있게끔 도와드리는 것이 신하 된 자의 도리입니다. 제가 드린 기회를 놓치지 마십시오, 폐하."

아셀이 할 말을 잃고 비틀거리는 한편, 노스라푸르는 자신을 쏘아보는 미하엘을 돌아봤다.

"저 검은 머리의 남자는 아무리 봐도 칠흑의 왕이 아닌 것 같소."

"……."

"당신이 기한 내에 칠흑의 왕을 찾으면 우리 쉬드람은 당신을 주군으로 삼겠다고 약속했소. 그러나 당신은 약속을 지키기 못했소. 아쉽지만 당신과는 협력 관계 정도로만 남아야 할 것 같소."

"그렇습니까?"

미하엘이 웃었다. 상대에 대한 미움이 확실히 실린 미소였다. 보다 못한 니콜라가 프란츠를 내려놓고 노스라푸르 앞으로 성큼성큼 걸어갔다.

"주인님께서 너희들에게 베푸신 은혜를 저버릴 거야?

주인님이 아니셨다면 너희들은 그 저주받은 성역에서 지금도 괴로워하고 있었을 거야! 그런데 지금 너희들이 저지르는 이 폭거는 뭐지? 감히 주인님을 무시해? 니콜라, 그런 거 절대 용서 못해!"

노스라푸르가 어깨를 들썩이며 웃었다.

"어리군, 천요여. 네 주인의 은혜는 알지만 주종 관계를 맺는 것은 보통 일이 아니지. 자칫 잘못하면 우리 쉬드람의 근간이라 할 수 있는 신앙심까지 흔들 수도 있는 일이지 않나? 그리고 칠흑의 왕을 걸고 약속을 한 사람은 내가 아니라 네 주인이다. 삽자루를 들고 땅을 판 자는 네 주인이란 말이다."

"으으윽……!"

니콜라의 냉기가 노스라푸르를 향해 스멀스멀 접근했다. 그러자 노스라푸르 자신과 전투마의 기운이 그에 대항해 검은색으로 피어올랐다. 압도하는 쪽은 니콜라였지만 노스라푸르의 힘도 만만치는 않았다. 미하엘은 침묵을 한 채 그들의 모습을 지켜보기만 했다.

"마음은 이해하지만 나보다는 다른 쪽에 신경 쓰는 것이 어떤가? 직접적인 적개심을 가진 쪽은 저쪽인 것 같은데?"

니콜라는 노스라푸르가 가리킨 방향을 봤다. 그 순간 격노에 휩싸여 있던 그녀의 얼굴이 새파랗게 질렸다. 그곳엔 코트를 벗은 키르히가 땀과 피로에 젖은 채 그녀를 향해 다가오고 있었다.

때맞춰 도착한 그를 보고 기뻐하는 사람은 아무도 없었다. 파렌과 프란츠, 테르나는 엉망이 된 그의 모습에 당황했고 네벨은 그가 데보라와 함께 오지 않은 이유를 생각하느라 여념이 없었다.

아이바크를 비롯한 쉬드람 역전체들이 키르히에게 달려갔다. 궁병들은 그를 조준했고, 기병들은 그의 이동 속도에 맞춰 움직였다. 보병들도 검과 방패를 확실히 들었다. 지금 키르히의 눈에 들어오는 것은 오로지 니콜라뿐이었지만 니콜라의 앞에는 노스라푸르가 있었다.

키르히는 순식간에 포위됐다. 술탄과 쉬드람 병사들을 무시한 채 니콜라의 앞에 선 키르히는 뛰어오느라 턱까지 넘친 숨을 진정시키며 킥킥 웃었다.

"어이, 누구랑 싸우려는 거야? 나랑 싸우자고, 나랑."

"히익……!"

니콜라가 뒷걸음질을 쳤다. 노스라푸르는 키르히와 니콜라의 대조적인 모습을 보고 기묘한 느낌을 받았다.

'그저 싸움에 지치다 못해 미친 인간이 아닌가? 그런데 천요라는 존재를 물러나게 만들다니……?'

노스라푸르의 흥미는 거기서 그치지 않았다. 키르히를 향해 시위를 당기고 있는 궁병들 사이를 지나 네벨이 포위망 안으로 들어갔다. 포위망을 짠 역전체들은 그녀를 어떻게 해야 할지 몰라 주저했다.

노스라푸르가 손을 들어 부하들을 막았다. 알리 뮤리안과 함께 그들을 지휘하던 아이바크는 재미를 느낀 듯한 술탄의 모습을 보고 공격대기의 지시를 반복했다.

네벨이 다가오자 키르히의 인상이 차츰 굳어졌다. 네벨은 니콜라보다 더 창백한 얼굴로 키르히에게 물었다.

"저 천요가 소녀에게 이상한 말을 했습니다, 중사님."

"어, 그래? 뭐라던?"

키르히는 소녀를 보지 않았다.

"중사님이 스승님을…… 살해하셨나요?"

"그랬다면 어쩔 건데?"

"예?"

소녀의 눈이 둥그렇게 변했다. 큰 충격에 중심을 잃고 주저앉을 뻔한 그녀는 자신의 옷을 붙잡은 채 바르르 떨었다.

키르히가 칼을 든 오른손으로 턱밑을 닦았다. 땀과 피가 뒤섞인 물이 하얗게 탈색된 그의 장갑 위를 더럽혔다.

"저 냉동꼬마 말대로 여사님을 죽인 건 나야! 실은 나도 모르겠어! 하지만 아무리 생각해도 내가 그런 것 같아!"

키르히의 목소리 끝이 갈라졌다.

"내 칼에 찔려 계시더라고, 제길! 사고였는지 뭔지 기억도 안 나! 나 그것 때문에 지금 기분이 더럽다고! 남자든 여자든 가리지 않고 죽여봤지만 이렇게 뒤끝이 더러운 적은 처음이야!"

"중사님!"

"뭐가 문제야! 전쟁터에서 사람이 죽는 건 당연해! 한두 명 죽는 건 일도 아니라고! 실수로 자기 동료의 머리통을 날리는 놈들도 부지기수지만 그런다고 신경 쓰는 사람 아무도 없어! 제길, 내가 이 얘기를 지금 왜 하는 거야!"

멀리서 그의 외침을 들은 파렌은 말로 풀어낼 수 없는 참담함에 눈을 감았다. 테르나는 오른손으로 자신의 입을 가린 채 눈물을 흘렸다.

테르나는 키르히에게 무슨 일이 있었고 그 일로 인해 데보라가 죽었다는 사실을 어렴풋이 느꼈다. 그러나 키르히의 해명 아닌 해명을 듣는 네벨은 파렌 일행처럼 전쟁 경험이 있거나 죽음에 대해 무감각한 사람이 아니었다.

'그런다고, 그렇게 울부짖는다고 네벨이 알아줄 리가 없잖아! 미안하다고 말을 해도 해결이 안 되는 일인데, 왜……!'

네벨은 고개를 저으며 뒷걸음질을 쳤다.

'더럽다? 뒤끝? 당연한 일? 지금 스승님을 두고 하는 말이야?'

소녀의 심장이 빠르게 뛰었다. 구역질 비슷한 것이 그녀의 목을 타고 머리끝까지 올라왔다.

'중사님이 스승님을……!'

원피스 치마를 붙잡고 있던 그녀의 손이 풀렸다.

'저 짐승이 내 스승님을!'

단순한 혐오감을 넘어선 무서운 감정이 네벨의 주황색 눈동자를 탁하게 만들었다. 그녀의 눈빛을 똑똑히 본 키르히는 입술의 오른쪽 끝을 올리며 웃었다.

'이걸로 됐어.'

꼼짝도 않는 네벨을 뒤로한 그는 자신에게 겁을 먹은 니콜라에게 칼끝을 들었다.

"어이, 꼬마. 그렇게 벌벌 떨고 있으면 어떡해? 날 죽이겠다고 소리치던 그 기세는 어디 갔지? 덤벼! 먹이가 되기 싫으면 덤비란 말이야!"

그가 새긴 마음의 상처를 이겨내지 못한 니콜라는 고개를 돌려 미하엘을 봤다. 역전체들 너머에 있는 미하엘은 두 손을 코트 주머니에 넣은 채 차가운 시선을 보내고 있었다.

'무서워! 하지만 피하면 주인님이 날 버리실 거야!'

니콜라는 떨리는 손으로 얼음의 대검을 잡아갔다. 미하엘이 뿌리는 무언(無言)의 압박감이 그녀의 마음속에서 피어난 공포를 조금씩 밀어내고 있었다.

"키르히! 키르히 펙터!"

니콜라가 키르히의 이름을 외치며 달려갔다. 그러나 아무리 천요라고 해도 머리가 혼란한 상황에서는 제대로 된 공격이 될 리가 없었다. 힘만 잔뜩 들어간 그녀의 공격을 미리 읽고 피한 키르히는 자신의 옆으로 흘러가는 니콜라를 향해 도펠 슈트롬을 휘둘렀다.

"죽어버려!"

니콜라는 키르히의 외침대로 자신이 죽을 것이라 생각했다. 그러나 키르히는 아무것도 가진 것이 없는 남자였다.

도펠 슈트롬이 니콜라의 얼음장벽에 튕겨 나갔다. 아무런 충격도, 위협도 느끼지 못한 니콜라는 뒤로 비틀거리는 키르히의 모습을 황망한 눈으로 바라봤다.

'뭐지? 얼음장벽 따위는 간단히 깰 수 있었을 텐데?'

눈을 깜박이는 니콜라에게 키르히의 다음 공격이 들어왔다. 니콜라는 맹렬하게 닥쳐오는 키르히의 공격을 비눗방울 피하듯 가볍게 피했다.

기대감을 품고 키르히를 지켜보던 노스라푸르의 투구 밑으로 한숨이 쏟아졌다.

"저 꼴은 뭔가? 보는 내가 다 민망해지는군. 저런 하찮은 싸움꾼을 상대로 천요가 겁을 먹었단 말인가?"

"제대로 된 상태가 아닌 것 같습니다, 술탄."

알리 뮤리안이 말했다. 그는 과거에 키르히와 싸워본

일이 있었다. 곁에 있던 아이바크도 그의 말을 뒷받침해 주었다.

"우선 입고 있는 옷의 색이 다릅니다. 아침에 만났을 때는 그 색이 붉었는데 지금은 하얀색입니다. 걸치고 있던 코트도 없고…… 아무래도 천요와 싸우다가 힘을 잃은 것 같습니다."

"그런가? 재미없게 됐군. 그럼 병사들을 물리고 성역으로 귀환할 준비를 하게. 저 남자는 천요가 알아서 처리하겠지."

"바란투로스에서 온 자들에 대한 처분은 어찌하면 좋겠습니까?"

"바란투로스라……."

노스라푸르는 파렌 일행을 봤다. 거리가 좀 멀긴 했지만 술탄의 눈에 가장 먼저 들어온 사람은 파렌이었다.

'미하엘이 말한 불길한 기운의 남자……. 역시 그저 그런 인간으로 보이진 않는군. 미하엘이 일부러 끌어들였다고는 하지만 아이바크와 알리 뮤리안이 짠 방어진을 완벽히 농락한 것은 사실이야. 만약 공간왜곡의 문을 파괴할 수 있는 능력자가 저 남자의 손에 있었다면 결과는 달라졌겠지.'

노스라푸르가 손을 뻗었다.

"죽이게."

"여자들은 어찌합니까?"

아이바크의 질문은 어떤 욕망에서 비롯된 것이 아니라 알라하르 교단의 교리를 바탕으로 나온 것이었다. 지저분한 부정이나 반역을 저지른 여성이 아니라면 관대하게 대하는 것이 알라하르의 교리였다.

노스라푸르는 테르나와 프란츠, 네벨을 차례로 봤다.

"은발의 여자와 저 어린 마녀는 내가 갖지. 검은 머리의 여자는 자네가 갖게."

"명을 받들겠습니다, 술탄."

노스라푸르가 공간왜곡의 문 쪽으로 말을 몰았다.

아이바크는 오른손을 머리 위로 들고 하늘을 저었다. 신호를 본 병사들이 하나둘씩 니콜라와 키르히로부터 시선을 돌렸다. 그들과 함께 말 머리를 돌리던 알리 뮤리안이 멈칫했다. 평원의 저편에서 붉은 빛이 반짝이는 것을 본 것이다.

'뭐지?'

그의 눈구멍이 의문으로 움츠러드는 한편, 키르히의 공격을 피하던 니콜라가 갑자기 웃었다.

"다시 내 키르히로 돌아왔잖아?"

키르히는 그 작은 괴물이 무슨 뜻으로 그런 말을 했는지 알고 있었다.

'드디어 거덜났군.'

허세로 부풀렸던 밑천이 드러났다. 하지만 키르히는 두렵지도, 아쉽지도 않았다. 옷이 기능을 잃어버렸다는 사실을 알면서도 이곳에 온 그였다. 그를 움직인 것은 이곳에서 자신만이 해결할 수 있는 일이 분명 있다는 확신이었다.

그 일이 니콜라와의 결판은 아니었다. 투쟁에 대한 욕심은 데보라의 마지막 말과 함께 사라진 지 오래였다.

니콜라가 검을 휘두르자 키르히의 오른손에 들려 있던 도펠 슈트롬이 주인의 손에서 벗어나 하늘로 떠올랐다. 한쪽 송곳니를 잃어버린 사냥개는 어깨를 으쓱했다.

"이런, 꼴사납게 됐잖아?"

"난 기뻐, 키르히 펙터."

얼음의 대검을 양손으로 꼭 쥔 니콜라는 소유욕에 불타는 눈으로 키르히를 훑어봤다.

"이제 당신은 니콜라의 것이야. 내 기억 속에서 영원히 살아줘!"

니콜라가 활짝 웃으며 그에게 달려갔다.

후끈한 기운이 키르히의 앞에서 폭발했다. 키르히는 씁쓸한 눈으로 앞을 봤다. 붉은색으로 타오르는 장벽이 니콜라의 대검을 막아주고 있었다.

니콜라의 환희가 격노로 바뀌었다.

"이게 무슨 무례야!"

키르히와 니콜라 사이에서 불꽃의 말총머리가 휘날렸다. 천요의 니콜라와 비슷한 키의 소녀가 팔뚝을 교차한 채 이를 악물고 있었다.

"겁쟁이 주제에 왜 니콜라를 방해하는 거야!"

"본좌, 겁쟁이 아니다!"

카샤가 고함을 지르더니 팔을 풀고 니콜라에게 주먹을 휘둘렀다. 주먹에 실린 물리력과 화염의 충격이 니콜라의 얼음장벽을 강타했다.

"으윽?"

카샤의 힘이 예상을 벗어난 탓에 니콜라는 두 발로 수풀을 짓이기며 저편으로 밀려 나갔다. 얼음장벽 뒤에 두었던 대검까지 금이 가 못 쓰게 되었다.

니콜라가 당황하는 한편, 카샤는 감흥 없는 눈으로 자신을 바라보는 키르히에게 화를 냈다.

"지금 뭐 하는 거냐? 맨몸으로 천요를 상대하려는 바보가 어디 있나!"

"쳇, 쓸모없는 원숭이 주제에……."

"닥쳐라! 본좌, 이제 할 수 있다! 본좌가 모두를 구해낼 거다!"

"흥, 그래서?"

비아냥거리던 키르히의 모습이 카샤의 오른쪽으로 휙 사라졌다. 움찔한 카샤는 뭔가에 맞아 옆으로 날아간 키르히를 급히 봤다.

"키, 키르히?"

비틀거리며 일어나려는 키르히에게 또 한 번의 충격이
들이닥쳤다. 한순간 어깨와 등판 사이를 당한 키르히는
피를 토하며 다시 쓰러졌다.

키르히에게 떨어진 것은 마법이었다. 카샤는 그를 공
격한 사람을 힘 빠진 얼굴로 쳐다봤다.

"네벨······?"

네벨의 손앞에 일어난 마법진이 살기를 띠고 빛났다.

"살인자! 죽이는 것만 아는 짐승! 스승님의 원수!"

소녀의 날카로운 목소리가 들판을 지나 키르히의 귀에
들어왔다. 옷에 아련히 남은 수은의 잔재 덕분에 치명상
을 면한 키르히는 피가 섞인 기침을 하며 다시 일어났다.

"뭐야, 이게······?"

중얼거린 그가 뒤이어 소리쳤다.

"이걸로 만족이야? 더 세게 해봐! 원수를 갚기엔 부족
하잖아! 가슴도 작은 주제에 마음까지 약하면 앞으로 어
떻게 살아갈 거냐고! 죽이고 싶어서 견딜 수 없으면 죽여!
하고 싶은 일이 있으면 사정 봐주지 말고 하란 말이야!"

마법으로 압축된 공기가 키르히의 복부를 때렸다. 힘
을 잃고 인력에 이끌려 주저앉은 키르히를 향해 네벨이
다음 마법을 준비했다.

"당신은 원래 그런 사람이었어! 남을 위해서가 아니라 그저 기분에 따라 사람을 죽이는 살인광이야! 당신은 살아 있을 필요가 없어!"

네벨의 마법이 마무리로 치달았다. 역전체들을 무시하고 키르히를 향해 달리던 파렌이 소리쳤다.

"카샤! 막아!"

카샤가 움찔하여 정신 차리는 순간 키르히가 외쳤다.

"하게 내버려 둬!"

네벨이 흠칫 놀랐다. 그녀의 손에서 벗어난 마법의 소용돌이가 카샤의 머리를 가로질러 키르히를 향해 날아갔다.

잠깐 고민하던 그가 피식 웃었다.

"기분 풀어, 꼬마."

"아······!"

네벨이 손을 뻗었다. 그러나 그녀의 손에서 벗어난 마법은 키르히의 위쪽으로 정확히 떨어졌다.

마법이 일으킨 충격에 땅이 진동했다. 대량의 흙먼지가 구름처럼 일어났다. 먼지를 뚫고 밖으로 튀어나가는 돌멩이들 틈으로 키르히가 쥐고 있던 왼쪽 도펠 슈트롬이 날아갔다.

키르히를 알고 있는 모든 이들의 시간이 멈췄다. 미하엘이 무슨 수를 쓴 것은 아니었다. 갑작스런 상황이 전해준 충격에 생각이 멈춘 것이다.

테르나가 털썩 무릎을 꿇었다.

"키, 키르히? 우리 키르히가? 프란츠, 아니겠지? 아닐 거야, 그렇지?"

그녀가 프란츠를 보며 연거푸 물었다. 사슬에 몸이 묶인 프란츠는 이마로 땅을 들이받은 채 이를 악물고 있었다.

테르나의 눈가가 울컥 젖어들었다.

"누가 아니라고 말해줘!"

프란츠는 대답이 없었다.

네벨의 마지막 마법이 키르히의 머리 위에 떨어진 순간부터 눈을 감고 있던 파렌은 냉정하게 눈을 뜨고 주변을 봤다. 네벨의 행동 때문에 잠시 멈추긴 했지만 그들의 이동 방향과 무기는 모두 자신에게 쏠려 있었다.

'다음은 내 차례인가?'

그의 눈이 가늘어졌다.

네벨은 앞으로 내민 손을 그대로 유지한 채 서서히 가라앉는 흙먼지를 지켜봤다. 그러더니 마법이 폭발한 장소를 향해 정신없이 달려갔다.

"주, 중사님! 중사님! 안 돼!"

"네벨!"

카샤가 그녀를 뒤쫓으려 했으나 그 앞을 니콜라가 막아섰다.

"방해 마라!"

카샤가 호통을 치며 걷어차자 니콜라는 오른팔과 얼음의 장벽으로 발차기를 막아냈다. 일순간 일어난 화염의 충격이 주변의 수풀을 태웠다.

다음 공격을 하려던 카샤가 멈칫했다. 눈을 부릅뜬 채 울고 있는 니콜라의 알 수 없는 표정 때문이었다.

"키르히가 걱정되면 좀 비켜라! 죽었는지 살았는지 확인은 해봐야 할 게 아닌가!"

"그걸 맞고 살아 있을 리가 없잖아!"

니콜라가 정신없이 훌쩍거렸다.

"이제 니콜라에겐 주인님뿐이야! 니콜라는 주인님을 위해 움직여야만 해! 나, 너를 쓰러뜨리고 주인님을 기쁘게 해드릴 거야! 그다음에 저 마녀 계집을 죽일 거야!"

"이 어리석은 녀석 같으니!"

다시 카샤의 주먹과 니콜라의 대검이 충돌했다. 카샤의 주먹에 실린 열기에 대검은 순식간에 녹아버렸다. 검을 놓고 바로 주먹을 뻗어 카샤의 공격을 막아낸 니콜라는 분풀이를 하듯 울부짖었다.

"네가 네 친구들을 따라다녔으면 됐잖아! 네가 있었다면 키르히가 그 마법사 할멈을 죽일 일도, 마녀가 키르히를 죽일 일도 없었을 거라고!"

"뭐?"

카샤의 심장이 덜컥 뛰었다. 니콜라가 그 틈을 타고 돌려차기를 시도했다. 팔을 들어 공격을 가까스로 막은 카샤는 믿을 수 없다는 얼굴로 니콜라를 바라봤다.

"키르히가 데보라를? 무슨 헛소리냐!"

"헛소리 아냐! 니콜라는 잘못 없어! 그래, 전부 네 탓이야! 겁쟁이 탓이란 말이야!"

카샤와 니콜라의 공격이 고속으로 오고 갔다. 미하엘은 그 모습을 보고 가볍게 숨을 내쉬었다.

'쓸데없는 말을 계속 하는군. 휘발성 물질 같으니.'

그는 이어서 역전체들에게 차곡차곡 포위당하는 파렌을 봤다.

'이 상황에서도 냉정을 유지하다니, 역시 나이트 오브 오미너스답군. 더불어 칠흑의 힘은 비록 본능적이긴 하지만 점점 강해지고 있어. 이 불쾌감이 증거다.'

그는 오른손을 들어 목도리를 매만졌다.

'하지만 칠흑의 왕이 각성한 것 같지는 않아. 무의식중에 자신의 그림자를 구하려는 것이겠지. 아무튼 가까운 곳에 칠흑의 왕이 존재한다는 뜻인데, 도대체 누구지?'

그는 사람들을 다시 살피려고 했지만 얼마 못 가 어두운 곳에 있다가 갑자기 햇빛을 본 사람처럼 눈살을 찌푸렸다. 남들에겐 보이지 않은 강력한 노이즈가 그의 시야를 방해하고 있었다.

'미디엄이 내 위치를 잡아냈군. 내 스스로의 조급함이

불러온 일이니 억울해할 수는 없지. 이제 내가 직접 칠흑의 왕을 찾아낼 수 있는 방법은 없어졌군. 카샤와 미디엄의 졸개가 론더랜드로 보낸 역전체들을 방해하지 않았다면 알기에바의 저울들을 확보할 수 있었을 텐데……. 이래서야 역전체 마녀들에게 골렘 사용의 권한을 허가해준 보람이 없지 않나?'

그가 눈을 번쩍 떴다.

'그때부터 미디엄의 방해가 시작됐다는 말인가? 이제야 눈치를 채다니, 나도 참 불완전하군. 아직 힘을 완전히 되찾은 건 아니지만 너무 심해.'

자조한 미하엘은 빼 들었던 오른손을 다시 코트 안에 넣었다.

'좋아, 브리스톤의 일은 여기서 거두어주지. 아직 철이 덜든 역전체들보다는 신성교단이 훨씬 나을 테니까.'

그의 붉은색 눈동자에 빛이 맺혔다. 동시에 프란츠를 묶고 있던 황금색 쇠사슬이 모래로 변해 쏟아져 내렸다.

미하엘은 교향곡의 감상을 앞둔 사람처럼 지그시 눈을 감았다.

'자아, 조용히 구경해 주마. 칠흑의 왕이 남긴 잔재들이여.'

수풀들이 심하게 사각거렸다. 그것은 그 누구도 예상치 못했던 일의 전주곡이었다.

역전체들의 접근을 보며 고민하던 파렌의 눈동자가 커졌다. 프란츠와 테르나도 슬픔을 멈추고 주위를 봤다. 역전체들은 몰랐지만 그들은 그 불길한 소리의 주인공이 누구인지 알고 있었다.

'브리스톤에서……?'

한편, 자신이 마법으로 폭격해 버린 곳에 당도한 네벨은 폭발로 만들어진 구덩이 안쪽을 봤으나 키르히는 어디에도 없었다. 마법으로 압축된 공기의 폭발은 대단히 강력했다. 흙뿐만 아니라 땅속에 있던 바위까지 조각나 날아가 버릴 정도였으니 키르히의 모습이 보이지 않는 것도 이상한 일은 아니었다.

네벨은 눈을 꽉 감았다. 금방이라도 튀어나올 것 같은 심장의 두근거림이 눈꺼풀까지 전해졌다.

'기억나지 않는다고 하셨는데……!'

데보라의 죽음, 랑펠의 허무한 소멸, 그리고 뭔가를 각오한 키르히의 거친 언행이 그녀의 조모, 조슈벨의 죽음이라는 강력한 트라우마를 되살리면서 그녀의 이성을 마비시켰다.

정신적, 육체적 탈출구를 원하는 인간의 생존본능은 가끔 동물적인 파괴본능과 겹치게 된다. 매사에 소극적이었던 사람이 갑자기 물건을 부수는 등의 거친 행동을 보이는 것은 작은 탈출구에 대한 갈망일 뿐이다.

'중사님도 두려우셨을 텐데, 내가 왜!'

다시 눈을 뜬 소녀는 수풀들을 손으로 헤치며 정신없이 돌아다녔다. 수풀 저편에서 뭔가 불온한 물체들이 움직였지만 그녀의 눈엔 보이지 않았다.

그런 그녀의 눈에 하얀 물체가 얼핏 지나갔다. 다시 그곳을 본 네벨은 온 힘을 다해 그쪽으로 뛰어갔다.

키르히였다. 수풀 속에 엎드려 있는 그는 놀랍게도 어디 한군데 부러지지 않은 채 멀쩡했다. 그러나 겉만 멀쩡할 뿐이었다. 그의 등판에 손을 댄 네벨은 그가 숨을 쉬지 않는다는 사실을 알고 그대로 주저앉았다.

"아, 안 돼! 중사님! 죽지 말아요, 제발!"

비명을 지른 소녀는 우왕좌왕하다가 눈을 깜박거렸다. 테르나가 오래전에 애인을 만드는 방법이라며 장난삼아 가르쳐 준 심폐소생술이 문득 떠오른 것이다.

네벨은 엎드린 키르히를 뒤집기 위해 그의 몸을 붙들어봤으나 작은 몸집의 소녀가 근육질의 장신인 키르히를 힘으로 움직이는 것은 물리적으로 힘들었다. 그녀는 마법을 써보려고 했지만 집중력이 완전히 흐트러진 탓에 그럴 수도 없었다.

"일어나 주세요, 중사님! 바보 같은 짓 그만 하고 일어나 주세요! 이건 아니잖아요! 절 살인자로 만들지 말아주세요!"

사실 키르히의 의식은 희미하게나마 남아 있었다. 운으로 따졌을 때 이번 전투에서 가장 운이 좋은 사람은 키르히였다. 다만 그 자신이 목숨에 대한 의지를 완전히 놔버린 상황이라 기적 같은 일은 일어나지 않았다.

'사람을 죽여야 살인자잖아, 꼬마.'

점점 흐려지던 그의 의식 저편이 문득 번뜩였다.

'생각해 보니 좀 아닌 것 같긴 하네. 꼬마의 기분이 더럽겠는데? 저러다 자살하는 거 아냐? 맛이 가서 날 죽여라 친 걸 보면 그럴지도 몰라.'

그의 의식이 다시 검게 물들었다.

'에이, 설마. 가슴은 작아도 머리는 똑똑하니 잘살겠지. 그래도…… 되돌릴 방법이 없을까? 아직 아무것도 한 일이 없잖아?'

뭔가 따뜻한 것이 그의 의식 속으로 들어왔다. 그저 느낌일 뿐이었지만 그것은 키르히의 의식을 강렬히 흔들었다.

"쿨럭!"

큰 기침과 함께 그가 꿈틀거렸다. 죽을 듯이 기침을 하며 숨을 몰아쉬는 그의 입에서 침과 콧물에 젖은 흙들이 쏟아졌다.

"주, 중사님? 살아나신 건가요? 예? 대답해 주세요!"

네벨이 멍한 얼굴로 물었지만 키르히는 대답할 수 있는 상황이 아니었다. 몸을 숙인 채 무아지경으로 숨을 쉰 그는 또다시 자신의 손을 자극하는 그 따뜻한 느낌을 향해 시선을 들었다. 뚱뚱한 도마뱀처럼 생긴 빨간 생물이 그를 향해 앞발을 흔들고 있었다.

"불도마뱀?"

두 발로 선 도마뱀, 불의 정령은 짧은 앞다리로 자신의 가슴을 툭툭 치며 인상을 썼다. 어른이 아이에게 훈계하는 하는 듯한 모습이었다.

"어쩌라고? 너, 네 주인 놔두고 여기서 뭐 하는 거야?"

정령이 수풀 속으로 홀쩍 달려들어 갔다.

자신이 그 정령 때문에 눈을 떴다는 사실을 믿을 수가 없었던 키르히는 두 손을 땅에 대고 앉았다. 생사를 넘나들면서 온 신체적 충격이 그의 뇌를 휘젓고 있었다.

"아, 토할 거 같아."

"중사님!"

네벨이 버럭 소리를 지른 탓에 놀란 키르히는 짜증을 내려다가 금방 표정을 풀었다.

"미안해, 꼬마야. 나, 아무것도……."

네벨이 그를 와락 끌어안았다. 그 바람에 그녀가 항상 쓰던 마녀의 모자가 벗겨지면서 좌우로 색이 분할된 단발머리가 드러났다. 키르히는 하염없이 우는 소녀를 보며 어찌할까 고민하다가 손을 들어 그녀의 좁은 등판을 두드려 주었다.

그는 데보라의 죽음에 대해 다시 이야기하려 했다. 자신이 니콜라의 검에 찔리고 그로 인해 생긴 상처에 노스페라투의 수은이 파고든 사실, 그리고 자신이 정신을 차렸을 때 데보라가 수은을 제거했다는 말을 남기고 숨을 거뒀다는 사실 등이었다.

네벨이 자신을 이해해 줄지는 미지수였지만 이렇게 된 이상 아는 대로 이야기를 해주는 것이 도리라고 생각했다.

그러나 상황은 그에게 그럴 틈을 주지 않았다. 아까부터 수풀을 흔들던 소리의 정체가 그들을 둘러싼 것이다.

키르히의 표정이 급변했다.

"고어?"

"네?"

그의 가슴에 얼굴을 묻고 있던 네벨이 고개를 들었다. 그리고 소녀의 얼굴도 차츰 잿빛이 되었다.

수풀 속에서 끔찍한 몰골의 괴물들이 일어났다. 그 괴물은 진흙을 대충 발라 만든, 역겨운 모양의 인형 같았다. 흑갈색의 냄새나고 축축한 피부 위엔 회색의 두꺼운 각질이 갑옷처럼 덮여 있었다.

그 괴물, 고어들이 악취를 풍기며 걸음을 옮겼다.

Chapter 11 씨앗

SCHADEL
KREUZ
새델크로이츠

고어는 그곳에만 나타난 것이 아니었다. 엄청난 숫
자의 고어들이 윈드 헨지를 포위한 채 지축을 울리며 다
가오고 있었다. 파렌 일행과 그들을 노리던 역전체들, 그
리고 격전을 벌이던 카샤와 니콜라는 자신들에게 가까이
다가오는 고어들을 보느라 정신이 없었다.

파렌은 지금의 상황을 이해할 수 없었다.

'고어……! 그것도 전부 시더 고어가 아닌가!'

고어는 바란투로스 등의 내륙 지방에 나타날 뿐, 브리
스톤과 같은 섬나라에서 나타난 전례는 없었다. 더욱이
시더 고어만 몰려나오는 일도 없었다. 그런데 파렌이 지금껏 알고 있던 그 상식들이 지금 완전히 깨지고 말았다. 아셀을 데리고 있는 동안 매일같이 고어와 싸웠던 역전체, 아이작 캐러거는 끝나지 않은 밤의 저주에 치를 떨었다.

한편, 크로이츠로서 시더 고어의 파괴적인 능력을 잘 아는 키르히는 냉정히 네벨을 밀쳐 냈다.

"파렌이 있는 곳으로 가, 어서!"

"중사님!"

"닥치고 어서 가! 난 지금 일어날 힘도 없단 말이야!"

그때, 뭔가 질질 끌리는 소리가 키르히의 귀에 들렸다. 소리가 들린 방향을 본 키르히는 입을 굳게 다물었다. 자신이 데보라의 시신 위에 덮어주었던 노스페라투 코트가 정령의 입에 물린 채 이쪽으로 끌려오고 있었다.

족쇄일까, 아니면 희망일까. 복잡한 감정이 키르히의 두 눈에서 맴돌았다.

같은 시각, 천천히 다가오던 고어들이 본격적으로 움직이기 시작했다.

시더 고어의 행동 중에서 가장 위험하다고 손꼽히는 것은 바로 도약이었다. 집채만 한 몸을 공중에 띄워 적의 근처 혹은 머리 위에 떨어지는 그 행동은 시더의 무지막지한 체중 때문에 피하는 것 외엔 막을 도리가 없는 것으로 알려져 있다.

그런 점에서 고어를 상대해 본 경험이 없는 역전체들에게 현 상황은 악몽이나 다름없었다. 일제히 도약한 시더 고어들은 공성병기의 포탄처럼 역전체들의 머리 위에 떨어졌다. 몇 명을 간단히 깔아뭉갠 시더는 연녹색의 각질로 뒤덮인 양팔을 마구 휘둘렀다. 고어의 팔과 주먹에 휩쓸린 역전체들이 탈곡기에 들어간 곡물처럼 어지럽게 흩어졌다.

일반적인 고어는 각질이 존재하지 않지만 시더 고어는 곤충의 껍질과 동일한 성질의 각질을 갑옷처럼 두르고 있다. 각질은 제련된 철과 비교될 정도로 단단할 뿐만 아니라 위협적인 돌기까지 솟아 있어서 무기와 방어구의 역할 모두를 훌륭히 소화해 냈다.

당하는 것은 역전체들만이 아니었다. 급변하는 상황 속에 정신을 못 차리고 흩어져 있던 브리스톤의 보병들도 시더들에게 사정없이 휩쓸리고 있었다. 만약 프란츠와 테르나가 그들을 수습하지 않았다면 보병들은 금방 전멸하고 말았을 것이다.

시더 고어들의 일제공격에 가장 큰 이익을 본 사람은 파렌이었다. 그들의 공격 덕분에 역전체들의 포위망에서 벗어난 파렌은 큰 문제 없이 프란츠와 테르나의 곁으로 복귀할 수 있었다.

하지만 기뻐할 상황은 아니었다. 시더들은 그들마저도

확실히 노리고 있었다. 시더에 대항할 무장과 경험 모두 부족한 브리스톤 보병들을 이끌어 상황을 타개하는 것은 제아무리 역전의 크로이츠 리더라 해도 불가능에 가까운 일이었다.

파렌과 프란츠, 테르나가 등을 맞댔다.

"전부 시더라니, 이런 경우가 있었나?"

샤튼으로 전출된 이후 고어를 상대할 일이 거의 없었던 프란츠의 질문에 테르나가 대답했다.

"꿈에서 한 번 본 적은 있어."

"그땐 어땠지?"

"당연히 가위에 눌렸지. 그날 지각해서 대령님한테 엄청 혼났어."

둘은 파렌을 봤다. 그러면 어떻게든 해결해 줄 것이라는 믿음이었다. 검은 장발의 특무상사는 난동을 부리는 고어들을 한참 바라보다가 문득 그녀들을 돌아봤다.

"왜?"

"왜, 라니? 뭔가 지시를 내려줘야 할 거 아냐? 이러다가는 브리스톤 아저씨들이랑 함께 몰살당할 거라고!"

테르나가 울기 직전의 목소리로 묻자 파렌은 허탈감에 젖은 웃음소리를 냈다.

"이 기회에 고해성사나 해볼까?"

"파렌!"

"브리스톤 병사들을 살리려면 우리가 미끼 역할을 해야 해. 셋이 함께 시더들의 주의를 끌어보자. 시간을 끌다 보면 어떻게든 되겠지."

카샤 쪽을 잠깐 본 파렌은 눈빛을 날카롭게 세웠다.

"프란츠가 선두로."

"그러지."

프란츠가 폭파단검을 들고 앞으로 나섰다.

파렌이 뭔가 지시하기 직전, 프란츠가 못마땅한 얼굴로 그를 돌아봤다.

"중추핵이 어디 있었지? 머리였나?"

"……"

그녀가 암살자라는 사실을 뒤늦게 깨달은 파렌이 할 말을 잃은 한편, 테르나가 자신의 가슴 중앙을 검지로 마구 찔러 보였다.

"가슴이라고 가슴! 가슴, 가슴, 가슴!"

"아아."

무심하게 고개를 끄덕이는 프란츠의 앞쪽에서 흙먼지가 터졌다. 뛰어내린 시더 하나가 그녀의 앞에서 두 팔을 벌리며 포효했다.

파렌과 테르나가 뒤로 물러서는 것과 동시에 시더가 프란츠를 향해 팔을 휘둘렀다. 연두색 각질에 싸인 거대한 주먹이 땅을 우악스럽게 긁었다.

다시 팔을 든 시더의 가슴팍에서 뭔가 타 들어가는 소리가 들렸다. 폭파단검의 심지였다. 뛰어올라 공격을 피했던 프란츠가 낮은 자세로 파렌의 옆에 착지했다.

"그래, 가슴."

폭발이 시더의 흉부를 헤집었다. 뻥 뚫린 가슴 사이로 빨갛게 드러난 중추핵을 테르나의 카노네 블라트가 정확히 찔렀다.

그녀가 방아쇠를 당기자 두꺼운 탄환이 중추핵을 산산조각 냈다. 탄탄하던 시더의 육체가 중추핵의 파편과 함께 흩어졌다. 사격의 반동으로 튕겨 오른 테르나는 검의 끝으로 땅을 찍고 자세를 바꿔 안전하게 땅을 밟았다.

"잘하잖아?"

파렌의 칭찬을 들은 프란츠가 새로운 폭파단검을 들며 일어났다.

"좋은 상황은 아니야, 주인님."

주변에서 브리스톤 병사들을 공격하던 시더들이 위험 요소로 부각된 파렌 일행을 일제히 돌아봤다.

파렌은 가볍게 어깨를 으쓱했다.

"의도한 상황이지만…… 겁은 좀 나는군."

시더들이 그들을 향해 성큼성큼 다가갔다.

한편, 시더 중 하나가 노스라푸르에게 달려들었다. 역전체 술탄은 노성을 지르며 검을 휘둘렀다.

"이 무엄한 것이!"

검은색의 칼바람이 시더의 몸을 가로질렀다. 좌우로 깔끔히 나뉜 시더의 거대한 육체가 노스라푸르의 앞에 떨어졌다.

그 사이에 떨어진 붉은색의 거대한 수정이 심장처럼 고동쳤다. 그것이 시더의 중추핵이었다. 잘려 나간 시더의 구성체들이 중추핵을 향해 꿈틀꿈틀 움직였다.

노스라푸르의 전투마가 발굽으로 중추핵을 밟아 으깼다. 그러자 재생을 시도하던 시더의 육체가 형태를 잃고 땅 위로 흩어졌다.

다른 하나가 미하엘에게 접근해 주먹을 뻗었다. 고어의 공격을 간단히 무시한 미하엘은 괴물을 향해 눈짓을 했다. 그러자 파열음과 함께 시더의 몸 전체가 강렬한 진동에 휩싸였고, 진동이 끝나자마자 시더의 거대한 육체는 모래성처럼 부서져 아래로 흩어졌다.

노스라푸르가 그에게 다가갔다.

"이 괴물들은 무엇이오, 구원자여?"

"칠흑의 잔재입니다."

"칠흑의 잔재? 칠흑의 왕과 관련이 있는 것이오?"

미하엘이 쌉쌀한 미소를 지었다.

"질문과 답변을 즐길 여유가 있으시군요. 아니면 새로운 장난감에 벌써 싫증이 나신 겁니까?"

"싫증?"

노스라푸르가 움찔하여 아셀이 있는 방향을 돌아봤다. 아셀을 맡은 친위대는 시더 고어들의 집중 공격을 받아내느라 정신이 없는 상황이었다. 캐러거와 그의 부하들이 매일 밤 고어들과 싸워온 경험을 바탕으로 격렬히 저항했지만 상대가 다수의 시더인만큼 상황은 그리 희망적이지 않았다.

아이바크와 알리 뮤리안을 보낼 수 있는 상황도 아니었다. 그들 역시 다수의 고어들과 격전을 벌이느라 눈코 뜰 새가 없었다. 또한 공간왜곡의 문은 고어들에게 완전히 둘러싸여 있었다.

"구원자여!"

술탄의 부름을 들은 미하엘은 두 손을 코트 주머니에서 뺐다. 방금 전 시더를 분해했던 파열음이 다시 터지면서 접근하던 시더 고어들이 모조리 분해되었다.

"제 도움이 필요하십니까?"

"그렇소! 당신이 움직이기 싫다면 천요라도 불러주시오! 이대로 하얀 왕을 잃을 수는 없소!"

"진정하고 체통을 지키십시오. 니콜라는 니콜라 나름대로 바쁘기 때문에 이용할 수 없습니다. 아마 제가 말을 해도 듣지 않을 겁니다. 저 아이는 점점 가치를 잃어가는군요."

그의 말대로 니콜라는 카샤와 싸우는 것에 온 신경을 집중하고 있었다. 카샤는 다른 이들을 돕자며 그녀를 계속 설득했으나 니콜라는 정신이 나간 듯 오로지 공격만 할 뿐이었다.

"하지만 술탄께서 그리 걱정하실 필요는 없습니다. 하얀 왕을 잃어선 안 되는 자는 술탄만이 아닙니다."

미하엘은 눈웃음을 지으며 위를 가리켰다. 그의 손을 따라 고개를 든 노스라푸르는 상공에서 빛나는 네 개의 거대 마법진을 목격했다.

마법진으로부터 붉고 푸른 광선들이 비처럼 쏟아졌다. 그 규모가 워낙 막대하여 지상으로 내려오는 햇볕까지 영향을 받을 정도였다. 광선의 기세는 무차별적이었으나 그들은 고어와 역전체들만을 골라 공격하고 있었다.

광선이 가장 많이 집중된 곳은 미하엘이 서 있는 장소였다. 노스라푸르는 당황했지만 광선들은 미하엘이 그와 자신을 보호하기 위해 펼친 힘의 장막을 뚫지 못하고 사라졌다.

미하엘의 앞에 마법을 사용한 장본인이 내려왔다. 찢어진 눈매의 대마법사, 아젤란도가 평소보다 더 무서운 눈으로 미하엘을 노려봤다.

"수고하시는구려, 미하엘 보르슈."

미하엘이 반갑게 웃었다.

"최상급의 합성 마법 네 개를 동시에 사용하다니, 어이가 없군요. 이것은 미디엄이 정한 마법의 규칙을 여덟 번 위반하는 행위입니다."

"규칙은 깨는 맛이 있다오. 그리고 상대가 당신이니만큼 미디엄께서도 이해해 주시지 않겠소?"

"하긴, 적의 적은 친구이지요. 하지만 진정하십시오. 당신이 이렇게 자살한다고 해서 멋지게 보상해 줄 미디엄이 아닙니다."

"난 노인이라서 자살에 대한 환상 따위는 모르오."

아젤란도 주위의 공간이 마력으로 일그러졌다. 미하엘은 천천히 고개를 저었다.

"그렇다면 모험이라고 합시다. 하지만 이건 무지개 밑에서 난쟁이의 금화를 찾는 것보다 훨씬 위험하고 건방진 일입니다."

"지금 고백하건대, 사실 도박은 좀 즐긴다오."

"그렇다면 주사위를 던져 보십시오."

하얀색의 파동이 미하엘을 중심으로 퍼졌다. 아젤란도의 마법 폭격에서 살아남거나 다시 땅에서 올라오던 시더들이 파동에 휩쓸려 가루로 변했다. 아젤란도가 공간을 일그러뜨리는 것과는 차원이 다른 힘이었다.

"당신은 어렸을 때부터 장난꾸러기의 기질이 강했습니다. 그때의 그 귀여움을 생각해서 죽이진 않겠습니다."

"살상에 대한 금기 때문일 텐데?"

"음, 3점을 드리지요."

농담을 마친 미하엘의 붉은 눈동자가 살기로 채워졌다.

미하엘이 뿌린 파동으로 덕을 본 사람의 명단에는 키르히도 포함되어 있었다. 시더들의 위협에서 벗어난 키르히는 가슴을 쓸어내린 뒤 정령이 가져다준 코트를 들어 올렸다.

그는 코트 안쪽의 냄새를 맡아봤다. 진한 피 냄새 속에 데보라가 즐겨 쓰는 향수 냄새가 섞여왔다.

'틀림없어. 내 거야.'

그는 정령이 어떻게 이 코트를 끌고 온 것인지, 코트에 덮여 있던 데보라의 시신은 과연 어찌 됐을지 궁금했다. 하지만 지금은 한가로이 고민을 하고 있을 때가 아니었다. 주변은 고어들이 풍기는 역한 냄새로 포화 상태였다.

새로운 시더 고어들이 땅을 뚫고 올라왔다.

키르히는 서둘러 코트를 입고 혹시나 하는 마음에 힘을 줘봤지만 특별한 변화는 없었다.

"제길, 뭐 알고나 끌고 온 거야? 이제 이 코트는 바람막이 역할밖에 못해! 수은인가 뭔가가 전부 빠져나가서 쓸모가 없다고!"

불의 정령은 들은 척도 하지 않고 훌쩍 뛰어 키르히의

어깨에 달라붙었다. 그리고는 키르히의 볼을 꼬리로 휙 후려쳤다. 예상치 못한 타격에 당황한 키르히는 멍한 얼굴로 불의 정령을 봤다.

정령이 짧은 앞다리로 팔짱을 꼈다.

"모르면 가만히 있어라, 인간."

갑자기 들려온 여성의 목소리에 키르히의 모든 행동이 멈췄다. 곁에서 정신을 추스르고 마법을 준비하던 네벨도 깜짝 놀랐다.

정령의 동그랗고 새카만 눈이 매섭게 변했다.

"마법사가 만든 그 수은은 결코 좋은 물건이 아니야. 네가 입은 옷의 이름이 괜히 노스페라투인 줄 아나?"

"빌어먹을, 도마뱀이 말을 하잖아! 세상이 끝장나려는 징조야!"

키르히가 기겁하여 어깨를 터는 등 난리를 쳤다. 네벨도 마찬가지로 당황하여 우왕좌왕했다.

"잠자코 들어!"

정령의 앙칼진 목소리에 놀란 키르히는 다시 동작을 멈췄다. 정령은 앞발의 끝을 입에 대고 헛기침을 했다.

"정제된 수은의 기본구조는 오래전에 멸망한 종족, 흡혈귀의 혈액 구조와 똑같아. 아무래도 아젤란도라는 마법사가 흡혈귀들의 생태, 즉 인간의 생명을 빨아들임으로써 막강한 힘을 유지하는 행동에서 아이디어를 얻은 것 같군. 특별할 것이 없는 인간을 초인으로 꾸며주기엔 그만큼 좋은 것이 없지. 그러나 그 바탕이 저주받은 괴물, 흡혈귀의 혈액인만큼 부작용이 생길 수밖에 없었을 거야. 안타까운 일이군."

죽어가는 데보라의 모습이 키르히의 뇌리를 자극했다. 네벨은 정령이 방금 한 말과 입을 다문 채 괴로움을 참는 키르히의 얼굴을 보고 스승의 죽음에 대한 의문을 약간이나마 해소할 수 있었다.

"아무튼, 나와 거래하지 않겠나? 키르히 펙터?"

"거래?"

"왕자가 열어버린 공간왜곡의 문 때문에 위기에 빠진 것은 인간들만이 아니야. 정령의 길에 대한 권리를 왕자에게 빼앗긴 우리들은 배고픔 때문에 힘을 못 쓰고 있지. 윈드 헨지를 오가던 바람의 정령들은 생사조차 의문이야. 이 상황이 계속되다가는 정령들의 숫자가 급감하면서 웨스트리치 대륙의 균형이 깨질 수도 있어. 브리스톤은 이미 균형이 깨졌지."

불의 정령이 한숨을 쉬었다.

"우리들은 어떻게든 살아남기 위해 미디엄님과의 교신을 시도했어. 가까스로 그분과 이어지는 채널을 연 우리는 위대한 천요, 카샤님께서 언젠가 파이어 헨지에 올 거라는 말씀을 들었지. 카샤님을 영접하는 역할은 브리스톤에서 가장 오래된 정령 중에 하나인 내가 맡기로 했어. 하지만 카샤님은 실망스러웠지. 그분께선 애완용 원숭이로 타락하신 것은 물론 날 잡아먹겠다는 끔찍한 말씀도 서슴지 않으셨거든."

"으음."

키르히는 이해한다는 듯 진중한 표정을 짓고 고개를 끄덕거렸다.

"하지만 소득이 없는 것은 아니었어."

정령이 앞발로 그를 가리켰다.

"너를 만났거든."

"나?"

"그래. 넌 미디엄께서 우리에게 보내주신 그릇이 분명해."

키르히는 정령과 시더 고어를 차례로 본 뒤 다시 정령을 봤다.

"어이, 난 바란투로스의 군인일 뿐이야. 게다가 그 생활에 만족하고 있어. 도마뱀들의 밥그릇이 될 생각은 털끝만치도 없다고!"

"자신의 가치를 의심하고 있군."

정령이 앞발을 허리에 댔다.

"그럼 말해주지. 너와 피를 나누지 않은 사람이 자신의 목숨을 바쳐 널 지켰어. 인간이라는 지극히 개인적인 동물들에게 그 이상의 영광이 존재할 거라고 생각하나?"

"……."

"알았으면 나와 거래하자. 이대로 칠흑의 잔재…… 아니, 고어들에게 맞아 죽고 싶진 않겠지?"

"나는 몰라도 꼬마는 안 되지."

"흐음."

정령이 고개를 오른쪽으로 기울였다. 그러는 사이 시더들과의 거리는 점점 가까워졌다. 위기감이 키르히를 긴장시켰다. 두려움을 느낀 네벨이 자신도 모르게 키르히의 코트 자락을 붙잡았다.

키르히는 어깨에 선 작은 존재에게 물었다.

"네가 나에게 힘을 줄 수 있단 말이야?"

"물론이지. 네가 입은 옷은 수은의 힘을 소화할 수 있도록 특별히 제작됐어. 마력과 같은 제3의 힘을 이용하기에 알맞은 바탕이지. 그것만큼은 아젤란도에게 감사하지 않으면 안 되겠군. 네가 거래에 응한다면 브리스톤에서 살아온 불의 정령들의 힘을 너에게 빌려주마."

"그럼 난 뭘 해주면 되지?"

"왕자를 막아줘. 엿을 먹여주면 더욱 좋지."

"그 왕자가 미하엘인가 하는 놈이야?"

"그렇지. 우리들은 그를 왕자라고 불러. 왜 왕자인지는 모르겠지만…… 아무튼 우리의 거래는 그것으로 끝나는 거야."

키르히의 입가가 불쑥 올라갔다.

"좋아, 마음에 드는군."

그는 옆에 서 있는 네벨의 머리를 두드렸다. 소녀는 키르히의 얼굴이 살의로 물드는 것을 보고 조심스럽게 손을 떼었다.

"받아들인 것으로 알겠다, 키르히 펙터."

정령은 네 발로 키르히의 어깨를 디딘 후 힘을 발휘했다. 정령의 몸에서 피어오른 불꽃이 높게 치솟아오르더니 키르히의 전신으로 삽시간에 번졌다.

"어이, 이러다가 나 화상으로 죽는 거 아냐?"

"농담이 나오는 걸 보니 뜨겁진 않은 모양이군."

그의 몸을 뒤덮은 불꽃이 옷으로 빨려 들어갔다. 하얗게 탈색됐던 그의 옷이 차츰 붉은색으로 물들었고 군화와 장갑은 무광 검정의 색을 되찾았다. 극심한 전투로 손상된 부분들까지 말끔히 제 모습을 되찾았다.

작업을 마친 정령은 그의 어깨를 떠나 네벨의 머리 위에 자리를 잡았다. 제 모습을 되찾은 옷을 대충 살펴본 키르히는 달라진 것이 하나도 없다는 사실에 불만을 가졌다.

"정령의 힘이니 뭐니 하더니, 똑같잖아? 불꽃이라도 확 일어나야 하는 게 정상 아냐?"

"흥, 신났군."

"어이, 곡해하지 마."

그때, 키르히가 밟고 있던 땅이 흔들렸다. 어느새 곁에 다가온 시더 고어가 꽉 맞잡은 두 손을 위로 번쩍 들어 올린 채 그를 노려보고 있었다.

"어이쿠."

시더의 존재를 잊고 있던 키르히는 그릇을 깬 아이처럼 곤란한 표정을 지었다.

시더가 괴성을 지르며 키르히를 내려쳤다. 땅이 울렁거릴 정도의 충격이 지면을 타고 네벨의 가는 다리를 흔들었다. 주저앉을 뻔한 것을 겨우 버틴 소녀는 황급히 키르히 쪽을 봤다.

"중사님!"

비명이 아니라 감탄이었다. 키르히는 무사했다. 그는 왼팔로 시더의 주먹을 막은 채 눈을 부릅뜨고 있었다.

붉은색의 아지랑이가 그의 옷 전체에서 풀풀 날렸다.

"예전에 입었던 옷이랑 거의 똑같잖아? 이것도 압퀘인지 뭔지가 발생하는 거야?"

아지랑이를 보고 놀란 것은 키르히만이 아니었다. 눈을 동그랗게 뜬 채 가슴을 두근거리던 정령은 다가오는 시더들을 보고 꺼내려던 설명을 다시 구겨 넣었다.

"크게 신경 쓸 일은 아니니 안심해. 잡담은 그만 하고 싸워라. 난 전투 능력이 없어서 더 이상 돕는 것은 불가능해."

"그리하지!"

공격을 막은 왼팔을 들어 적을 떨쳐 낸 키르히는 뛰어올라 시더의 가슴을 걷어찼다. 가슴을 보호하는 각질이 부서지고 시더의 큰 덩치가 뒤로 나뒹굴었다.

위화감이 키르히의 신경을 긁었다.

"난 주먹질 전문이 아닌데."

때맞춰 네벨이 왼팔을 들었다.

"받으세요, 중사님!"

폭발에 날아갔던 도펠 슈트롬 한 자루가 수풀에서 떠올라 키르히에게 날아왔다. 그가 정령과 대화를 나누는 사이 네벨이 찾아놓은 물건이었다. 비록 한 자루이긴 하지만 그것만으로 키르히의 마음은 비교할 수 없이 아늑해졌다.

"너무 반가워서 눈물이 다 나오는군."

도펠 슈트롬을 오른손에 받아 쥔 키르히는 네벨과 가장 가까운 곳에 있는 시더를 향해 달려들었다. 그가 움직인 궤도를 따라 붉은 아지랑이들이 만발했다. 네벨은 화톳불에서 날리는 불똥처럼 잠깐 반짝였다가 사라지는 그 아지랑이들을 보고 놀란 나머지 잠시 동안 숨을 참았다.

'압궤가 아니야. 도대체 뭐지?'

240

그녀의 머리 위에 있는 정령이 팔짱을 끼며 웃었다.

"시작부터 강제연소라……. 괴물이군."

네벨의 눈이 휘둥그레졌다.

"강제연소?"

"발휘되지 못하고 남아버린 정령의 힘이 공기 중에서 타버리는 거야. 녀석이 정령계로부터 불러들이는 막대한 힘을 코트가 미처 소화하지 못하고 있어. 저 녀석, 진짜 붉은 날개의 기사인가? 정말 칠흑의 왕이 이곳에 있는 건가?"

네벨은 질문하기 전에 자신이 알고 있는 붉은 날개의 기사에 대한 전설들을 되짚어봤다.

웨스트리치의 전설 중 하나인 붉은 날개의 기사는 대륙 각지의 전설에 골고루 등장하지만 지역과 이야기마다 그 모습이 다르다. 추운 북부에선 흰 늑대를 타고 붉은 가죽옷을 걸친 거인으로 묘사되고, 중부와 동부에서는 검은 말을 탄 붉은 갑옷의 기사로 묘사된다. 서부와 남부에선 붉은 두건을 쓰고 세검(細劍)을 휘두르는 괴한으로 묘사되기도 한다.

공통점은 자의든 타의든 붉은색의 옷을 걸친다는 것과 자신이 태어난 목적을 반드시 이루고 사라진다는 것이다. 마녀들은 오랫동안 그 신비의 존재에 대해 연구해 왔다. 수많은 마녀들이 오랜 시간을 투자했지만 밝혀낸 것이라고는 역대 기사들의 능력은 물론 혈통과 인종, 성격 중 어느 하나 일치되는 부분이 없다는 사실뿐이었다.

자신들처럼 두 세계에 어중간히 걸쳐 사는 존재가 아니라 완전히 다른 세계에 사는 존재인 정령이라면 뭔가 알지도 모른다. 그렇게 판단한 네벨은 자신의 머리 위에 자리를 잡고 있는 정령에게 물었다.

"우리 일행 중에 칠흑의 왕이 존재하는 겁니까?"

"왕자의 행동을 보자면 저들 중 누구 한 명이 아닐까?"

뭔가 알고 얘기한 것이 아니라 단순한 예상이라는 사실에 허탈감을 느낀 네벨은 한숨을 쉬었다.

정령이 말했다.

"그렇지 않으면 이렇게 많은 칠흑의 잔재들이 나타날 리가 없어. 적어도 나이트 오브 오미너스만큼은 존재할 거야. 칠흑의 왕보다 더 강력한 존재가 그 불길함의 기사거든. 왕은 그저 그에게…… 컥!"

정령의 목소리 끝에 짐승의 울음소리가 섞였다.

"정령님?"

"이런, 그분께 빌린 시간이 다됐어! 마지막으로 부탁이 있다, 네벨!"

정령이 다급히 말했다.

"카샤님께 꼭 전해줘! 나중에라도 날 잡아먹지 말아달라고!"

"예? 직접 말씀하시면……?"

정령의 작은 몸에 불길이 확 치솟았다. 아주 잠깐이지만 강력한 힘의 파동을 느낀 네벨은 머리에서 떨어지는 정령을 황급히 손으로 받았다.

"정령님! 정신 차리세요!"

그녀가 정령을 마구 흔들어댔다. 눈을 감고 축 늘어졌던 정령이 이윽고 다시 눈을 떴다.

까만 눈을 깜박거린 정령이 곧 천연덕스럽게 웃으며 다리를 흔들었다. 네벨은 지능이 확 감소한 듯한 정령의 모습에 말을 잃었다.

시끄러운 소리와 뜨거운 열기가 소녀의 뒤편에서 터져 나왔다. 키르히가 달려간 쪽이었다. 뒤돌아선 네벨은 정령과 함께 키르히의 모습을 지켜봤다.

발로 시더의 안면을 뭉갠 키르히가 도펠 슈트롬에 정신을 집중했다. 칼날 위에 위치한 총구로부터 광검의 칼날이 길게 밀려 나왔다. 크라프트 블라트의 긴 빛이 만든 부채꼴이 시더의 두꺼운 몸을 자르고 그 속에서 고동치는 중추핵에 충돌했다.

키르히의 손끝에 전해지는 느낌이 둔했다. 중추핵에 금이 가긴 했지만 완전히 부수진 못한 것이다. 그 느낌이 키르히의 표정에 그대로 나타났다.

"힘이 부족하잖아!"

곧 아지랑이의 양이 더욱 풍부해지고 나오는 속도도 빨라졌다. 민들레 씨앗처럼 힘없이 퍼지던 것이 점차 강해지더니 아예 폭풍처럼 변했다.

몸부림치는 시더로부터 칼을 뽑은 키르히가 이번에는 위에서 아래로 상대를 후려쳤다. 중추핵이 완전히 깨지자 시더의 동작이 멈추더니 이내 분해되어 땅으로 쏟아져 내렸다.

다른 시더가 주먹을 크게 휘둘렀다. 키르히가 그에 대항해 왼쪽 주먹을 뻗었다. 본래는 피하는 것이 정상이었지만 새로운 힘에 대한 궁금증과 모험심, 그리고 오랫동안 가슴에 쌓아놨던 감정이 그를 뜨겁게 자극하고 있었다.

두 주먹이 부딪치자 질량 차이를 무시하는 일이 벌어졌다. 키르히를 쳤던 시더의 주먹이 팔뚝째로 부서지고 시더는 여력에 밀려 휘청거렸다. 그런 시더의 가슴을 크라프트 블라트의 칼날이 관통했다. 중추핵을 정확히 격파당한 시더는 비명을 지르며 무릎을 꿇었다.

그런 그에게 시더 고어들이 계속 도전해 왔다. 키르히를 강력한 위험인자로 인식했는지 시더들은 네벨을 아예 쳐다보지도 않았다. 키르히는 끝없이 달려드는 그 저주받은 존재들을 사양 않고 상대했다. 노스페라투를 입었을 때 겪어야 했던 각종 제약의 대부분이 사라진 지금 그가 적을 피할 이유는 어디에도 없었다.

공포가 차지하고 있던 마음의 공간으로 다른 감정이 쏟아져 들어왔다. 키르히가 가진 원초적 폭력성이 공포라는 이름의 고삐를 단숨에 벗어나면서 그 밑에 숨겨져 있던 것까지 모조리 매달려 나왔다.

"너희들이었다고, 너희들!"

광검이 시더의 다리를 잘랐다. 바닥에 드러누운 시더의 몸에 올라탄 키르히는 왼손으로 시더의 가슴 각질을 붙들었다.

"여덟 살부터였어! 그때부터 훈련을 받았다고! 손발로 숫자를 세는 법밖에 몰랐던 내가 이름 대신 번호로 불렸어! 훈련병 21번! 물에 젖는 걸 싫어하는데 비가 오나 눈이 오나 상관없이 통풍도 안 되는 무거운 옷을 입고 뛰어다녔어! 폭우 속에서 코트 입고 큰일 본 적 있어? 그게 얼마나 웃기고 굴욕적인 줄 알아? 내가 왜 그런 일을 당해야 해!"

그가 힘을 주자 각질이 고어의 피부로부터 조금씩 이탈했다. 각질 밑에 흐르고 있던 불쾌한 액체들이 키르히의 얼굴과 몸에 튀었다.

"그게 정확히 4년이야! 4년 동안 똑같은 놈들과 똑같은 일정 속에서 똑같은 식사를 먹으며 시간을 보냈어! 훈련장 밖에 사는 놈들이 성적표 걱정을 하며 사탕을 빨고 있을 때 나는 훈련으로 짓물러 터진 손발을 부여잡고 식당에서 훔쳐 온 설탕을 처먹어야 했다고! 그러다가 첫 휴가를 받고 나갔는데 나를 기다려 주는 사람이 아무도 없었어! 게다가 나랑 함께 고생했던 놈들 전부가 부모 손을 잡더니 뒤도 안 돌아보고 가버렸다고! 파렌 말고는 전부 배신자야! 그런데 내가 더 나쁜 놈이지 뭐야? 파렌의 부모님이 돌아가셨다는 말을 들었을 때 잠깐이나마 고소하다고 생각했단 말이야! 빌어먹을, 아직까지도 미안해서 죽고 싶다고!"

각질을 완전히 뜯어 던진 키르히는 칼로 시더의 가슴을 갈랐다.

"그런 몹쓸 놈이었어도 긍지는 있었어! 네놈들을 쳐 죽이고 사람들을 구하면 그나마 기분은 좋을 거 같았다고! 그런데 실전 첫날, 내가 보는 앞에서 사람들을 씹어 먹어? 꼬마들 팔다리는 맛이 없었나 보지? 왜 먹다 남긴 걸 나한테 전부 집어 던진 거야! 아빠 엄마한테 위로받을 수 있는 놈들은 놔두고 왜!"

갈라진 가슴의 틈새로 왼손을 넣은 키르히는 중추핵을 꺼낸 뒤 그 표면에 손가락을 박아 넣었다.

"페일 형을 내 앞에서 죽인 이유가 뭐냐고! 날 이렇게 만든 건 너희들이란 말이야!"

그의 손에서 터진 중추핵의 파편이 아지랑이의 폭풍에

휘말려 날아갔다. 분해되는 시더의 몸에 탄 채 땅에 내려온 키르히는 손아귀에 남은 파편들을 놓으며 주위를 돌아봤다. 어느 순간부터 그의 눈동자에 맺힌 황색의 빛이 그의 움직임을 쫓아 잔광을 남겼다.

네벨은 시더들 틈에서 빛나는 키르히를 보며 정령을 가슴에 안았다.

그녀는 솔직히 키르히가 쏟아낸 피해의식의 산물들을 이해할 수가 없었다. 그녀가 살아온 세계와는 완전히 다른 세계의 이야기일 뿐만 아니라 그녀의 어린 나이로는 이해할 수 없는, 아니, 어른이라 해도 직접 겪어보지 못하면 모르는 일이었다.

그래서 말을 못했을지도 모른다. 그가 사람을 겁내고 있을지 모른다는 데보라의 옛 말이 네벨의 머릿속에 새삼 떠올랐다.

빛을 쫓아 몰려오는 나방들처럼 시더 고어들이 그에게 다가왔다. 키르히는 코트 위를 쳐 손에 남은 파편들을 털어냈다.

"그런데 이런 날 좋아해 주는 사람도 있더라. 이유가 뭘까?"

시더들이 그에게 일제히 주먹을 휘두르고 몸을 던졌다. 크라프트 블라트의 빛이 그들의 몸을 차례로 갈랐다. 집단으로 흩어지는 시더들의 잔해가 키르히의 옷에서 나오는 힘에 휘말려 멀리 날아갔다.

"아마도 너희들처럼…… 내가 몰랐던 나를 봤기 때문이겠지."

저돌적으로 달려들던 고어들이 갑자기 공격을 중단하고 우뚝 멈췄다. 시더들이 하나둘씩 무너져 사라지고 땅속에서 올라오던 것들도 흔적만 남긴 채 사라졌다.

갑작스런 상황에 놀라움 대신 코웃음을 친 키르히는 거짓말처럼 고요해진 윈드 헨지 쪽을 봤다. 분명 일시적인 현상이나 사고가 아니었다.

"그래, 나도 복잡한 건 싫어."

그는 네벨에게 손짓했다.

"꼬마, 걸을 수 있지?"

"아, 예."

"그럼 가자. 이제 남은 게 별로 없을 거야."

네벨은 품에 안고 있던 정령을 손에 옮겨 쥔 뒤 흙을 잔뜩 머금은 채 땅에 굴러다니는 자신의 모자 쪽으로 달려갔다. 그사이 크라프트 블라트를 소멸시킨 키르히는 모두가 있을 윈드 헨지 쪽으로 터벅터벅 걸어갔다. 다급히 뛰어갈 필요는 없었다. 카샤와 니콜라, 미하엘과 아젤란도 모두 눈에 보일 정도로 가까운 곳에서 싸우고 있었다.

모자를 대충 털어 머리에 쓴 네벨은 긴 수풀을 건너뛰듯 달려와 키르히 옆에 섰다.

"중사님."

"왜?"

"어째서 소녀를 꼬마라고 부르시나요?"

키르히는 이 상황에서 그런 얘기를 꼭 해야 하냐는 얼굴로 소녀를 내려다봤다.

"싫으면 중사라고 부르지 말던가."

소녀가 입술을 오므렸다. 그녀의 얼굴을 가만히 보던 키르히는 이내 피식 웃었다.

"뭐, 어때? 특별한 사이도 아니고."

"……."

"왜 또 도끼눈이야?"

"중사님과는 상관없는 일입니다."

"칫."

쓴 소리를 낸 키르히 표정이 차츰 바뀌었다.

"여사님 일, 앞으로도 용서하지 마."

꿍한 얼굴을 반대로 돌리고 있던 네벨이 다시 그를 봤다.

"중사님, 그 일은……."

"그래야 내가 편해."

소녀의 얼굴에 불편함이 다시 깃들었다.

키르히는 걷는 도중 허리를 굽혀 땅에 떨어진 것을 주웠다. 니콜라의 공격에 날아갔던 나머지 도펠 슈트롬이었다.

"둘 중 하나라도 없으면 허전하지."

잠시 잃어버렸던 송곳니를 모두 되찾은 그는 자신이 가야 할 곳을 신중히 생각해 봤다.

❧

잠시 동안 전장을 지배했던 시더 고어들이 갑자기 사라지면서 상황은 급격히 변했다. 격렬한 혼란 끝에 찾아온 고요함 속에서 파렌은 자신이 선택의 기로에 놓여 있다는 사실을 깨달았다.

시더 고어들이 이 땅에 나타난 이유에 대해 알아볼 것인가, 아니면 자신이 원래 하려고 했던 일을 할 것인가. 파렌이 선택한 길은 당연히 후자였다.

"수명이 줄었다는 말을 이때 쓰는 것이겠지?"

프란츠는 단 하나 남은 폭파단검을 만지며 안도의 한숨을 쉬었다. 총탄과 폭탄을 모두 소비하여 육박전까지 벌였던 파렌은 빨갛게 달아오른 슈트롬 팔켄을 진정시키며 쓴웃음을 지었다.

"식겁(食怯)이라는 아시엔의 말도 괜찮을 거 같아."

서로를 보며 한숨을 돌린 둘은 자신들 앞에 주저앉아 있는 테르나를 봤다. 전투로 인해 틀어 올린 머리가 헝클어진 그 은발의 미녀는 둔부를 땅에 붙인 채 꼼짝도 하지 않았다.

"뭐 해? 아직 끝난 게 아니야."

프란츠의 지적에 테르나가 고개를 돌렸다. 넋 나간 그녀의 얼굴이 점차 울상으로 변했다.

"죽는 줄 알았어. 정말 죽는 줄 알았단 말이야."

"조국을 욕되게 하지 말고 어서 일어나."

프란츠가 그녀를 뒤에서 잡아 일으켜 주었다. 상사 계급의 특수부대원이 다른 나라의 군인들 앞에서 어린아이처럼 칭얼대는 꼴을 보고만 있을 그녀가 아니었다.

프란츠의 걱정과 달리 브리스톤 병사들 중 테르나를 비웃는 자는 아무도 없었다.

'귀신처럼 싸울 때는 언제고…….'

그들이 위화감을 느끼는 것은 당연했다. 파렌이야 크로이츠 리더니, 바란투로스의 흑기사니 하는 별명으로 워낙 유명했고 프란츠는 첫인상부터 시더든 뭐든 때려잡을 분위기였기에 이해했지만 테르나의 경우는 달랐다. 사무직으로만 보였던 미녀가 시더를, 그것도 프란츠에 뒤떨어지지 않는 노련한 움직임으로 제거하는 모습에 병사들 모두 놀라움을 감추지 못했다.

그사이 파렌은 주변 상황을 살폈다.

가장 큰 피해를 입은 쪽은 역전체였다. 지휘관들부터

고어와의 전투 경험이 전무한 탓에 수백에 달하던 그들의 숫자는 노스라푸르 술탄과 아이바크, 알리 뮤리안, 캐러거를 포함해 50이 겨우 넘을 정도로 줄어들어 있었다. 그 충격으로 인해 병사들은 살아남은 지휘관들의 호통에도 불구하고 어찌할 바를 몰라 우왕좌왕했다.

브리스톤 병사들의 피해도 적진 않았으나 파렌과 프란츠, 테르나의 빠른 지휘 및 시간 끌기 덕분에 살아남은 자들의 숫자가 더 많았다.

전략으로 어찌할 수 없는 존재, 미하엘과 니콜라는 아젤란도와 카샤에게 각각 붙들려 있었다. 아젤란도는 좀 걱정됐지만 카샤 쪽은 그렇지 않았다. 브리스톤에서 재회한 이후 애완용 원숭이 신세를 좀처럼 벗어나지 못했던 그 요괴는 살아 있는 공포나 다름없던 니콜라와 훌륭히 싸우고 있었다.

상황을 파악한 파렌은 탄약 주머니에서 신호탄을 꺼냈다. 나무로 된 원통 끝에 점화용 끈이 달린 그 물건엔 붉은색의 물감이 거칠게 칠해져 있었다. 그는 신호탄의 분사구를 하늘로 올린 뒤 끈을 당겼다. 분사구에서 튀어나간 화약 덩어리가 창공에서 붉은색 빛을 내며 타 들어갔다.

내용물이 빠진 신호탄을 바닥에 던진 파렌은 이어서 회중시계를 꺼내 시간을 확인했다.

'적당한 것 같으면서도 부족하군.'

시간이라는 이름의 숙적은 항상 그랬다. 그보다는 자신의 욕심이 과한 것일지도 모른다. 그렇게 생각한 파렌은 내심 쓴웃음을 지었다.

"테르나, 병사들을 수습해 줘."

"하지만 키르히가 안 보여. 그리고 네벨도……."

"지금은 키르히를 생각할 때가 아니야!"

테르나의 호소를 끊은 파렌은 언성을 약간 높였다.

"네 마음은 알지만 우리는 우리가 해야만 하는 일을 해야 해. 그리고 그 일은 지금 바로 하지 않으면 의미가 없어."

"……미안해."

파렌은 고개 숙인 테르나의 어깨를 두드려 주었다. 위로와 사과의 의미가 담긴 손짓이었다. 숨을 고르고 정신을 집중한 테르나는 고개를 끄덕여 보인 뒤 진지한 얼굴로 브리스톤 병사들에게 갔다.

"프란츠는 아셀 왕을 맡아줘. 급박해지면 작은 희생을 감수해도 좋아."

프란츠는 작은 희생이라는 말에 담긴 뜻을 어렵지 않게 이해했다.

역전체들이 아셀을 생포하여 공간왜곡의 문을 넘어가게 된다면 하얀 왕이니, 칠흑의 왕이니 하는 초월적인 문제를 떠나 브리스톤 왕국이 자신들의 왕을 위한 일이라면서 역전체들의 편에 설 수도 있었다. 작은 희생이라는 것은, 문제를 그런 식으로 키우느니 프란츠의 능력으로 왕을 깔끔히 처리하는 편이 더 낫다는 말이었다.

그렇게 되면 브리스톤은 내전 등의 큰 혼란에 빠지겠지만, 사실 거기서부터는 다른 나라 사람인 파렌이 신경 쓸 문제가 아니었다.

프란츠가 고개를 끄덕거렸다. 그녀가 국가적인 일 앞에서 양심의 가책이나 생명의 존엄성 따위를 느끼는 여성이었다면 파렌은 그녀를 여기까지 데려오지도 않았을 것이다.

그녀는 재빨리 돌아서서 공간왜곡의 문을 향해 달려갔다. 파렌은 아젤란도와 카샤가 싸우는 곳을 잠시 본 뒤 테르나와 함께 병사들을 수습했다.

카샤와 니콜라의 싸움은 시간이 갈수록 니콜라가 밀리는 양상을 보였다. 초반에는 엎치락뒤치락했지만 시더들이 사라진 지금은 니콜라가 얻어맞는 일이 잦아졌다. 뿜어내는 기운의 농도도 옅어졌다.

그렇다고 해서 카샤가 압도하는 상황도 아니었다. 필사의 의지가 실린 니콜라의 공격은 여전히 위협적이었고 카샤의 공격은 대부분 빗나가고 있었다.

미하엘은 지친 기색의 니콜라를 보고 고개를 가로저

었다.

"저 아이는 이제 한계로군요."

미하엘에게 네 번 정도, 그것도 건성으로 마법을 사용해 봤던 아젤란도는 새로운 마법진의 구축을 취소하고 니콜라를 관찰했다.

"근본적인 힘의 차이로 보이는구려."

"차이가 날 수밖에 없지요. 각오했던 일입니다."

빙긋 웃은 미하엘은 목에 두른 머플러에 턱을 묻었다.

"그런데 당신이야말로 무슨 짓입니까? 도박을 즐기겠다고 하신 분이 기초적인 마법을 네 번 보여주고 멈추다니, 이해가 안 됩니다."

"그럴 수밖에 없지 않소?"

아젤란도는 오른손으로 자신의 뻣뻣한 수염을 만지작거렸다.

"운석 낙하나 속성 마법 같은 직접적인 파괴 마법은 당신에게 소용이 없고, 죽음의 선고나 고통의 환상 같은 간접적인 마법은 당신이 가뿐히 무시할 수 있는 것들이오. 변형 마법은 생물학적 구조가 완전히 다른 당신에겐 의미가 없소. 나보고 뭘 하란 말이오?"

"단순한 시간 끌기였습니까?"

"그렇소."

미하엘이 허탈한 웃음을 터뜨렸다.

"허무하군요. 하긴, 당신처럼 나에 대해 잘 아는 자가 힘을 헛되게 쓸 리가 없지요. 그렇다면 그곳에 그냥 계십시오."

마음을 놓는 아젤란도의 뒤쪽에서 풀이 밟히는 소리가 났다.

돌아보려는 아젤란도의 뒤통수를 미하엘이 손으로 붙들었다. 마법사의 검은색 모자가 땅에 떨어지기 무섭게 강력한 마법의 폭풍이 상공으로 치솟았다. 아젤란도가 밟고 있던 수풀과 땅이 티끌보다 작게 압축되고 분해되어 자취를 감췄다.

"원자분해라…… 훌륭합니다. 마법사 주제에 이런 수준에 도달하시다니, 제가 다 뿌듯해지는군요. 이런 대형 주문을 마법진 없이, 그것도 제가 눈치 채지 못하게 완성하려면 기초 마법이라도 몇 번 써주는 재치가 필요했을 겁니다. 하지만 당신은 마법사에 소질이 있는 사람이지 광대놀음에 소질이 있는 사람은 아닙니다."

미하엘은 밝게 웃었다. 바닥에 끝을 알 수 없는 구멍이 뚫리는 와중에도 그에겐 아무런 변화가 없었다.

"그것도 부족해서 마력봉쇄에 저항하다니, 준비를 많이 하셨군요. 일반적인 마법사라면 마력이 봉쇄당하는 것은 물론 뇌에 걸리는 부하를 견디지 못하고 식물인간이 됐을 겁니다. 마법의 규칙을 이렇게 초월하려면 나쁜 짓을 굉장히 많이 해야 하는데…… 이야기를 다 들으려면 하루가 부족하겠군요."

아젤란도는 눈을 질끈 감은 채 사력을 다했다. 지금 정신을 놓았다가는 일반인으로 변하는 것은 물론 미하엘의 말대로 뇌에 문제가 생겨 폐인이 될 수도 있었다.

"잡담은 그만 합시다. 시간을 끈 이유가 무엇입니까? 기다리는 사람이라도 있습니까?"

"으으으음……!"

"아, 대답할 여유는 드려야겠군요. 배려해 드렸어야 하는데."

미하엘의 힘이 한층 약해졌다. 가까스로 눈을 뜬 아젤란도는 어렵게 입을 열었다.

"엿이나…… 드시오."

미하엘이 파안대소했다.

"웨스트리치에 엿이라는 음식이 수입됐습니까? 모르는 사이에 아시엔과의 교역이 활발해졌군요."

미하엘의 힘이 다시 강해졌다. 뇌를 휘젓는 압력에 아젤란도의 입에서 신음이 터졌다.

"컥!"

아젤란도의 어깨에 미하엘의 갸름한 턱이 닿았다. 할아버지에게 어리광을 부리는 손자처럼 턱을 비빈 그는 손을 움직여 아젤란도의 고개를 돌렸다.

"혹시 저분을 기다리셨습니까?"

아젤란도가 다시 눈을 떴다. 희미해진 그의 시야에 두 개의 인영이 들어왔다.

한 명은 붉은색의 호랑이 가죽옷을 걸친 여성이었다. 카샤보다 더욱 붉고 선명한 머리카락이 그녀의 등줄기를 타고 굽슬굽슬 내려왔다. 육감적인 굴곡이 확실한 몸매가 그 붉은 머리카락만큼이나 인상적이었다.

'파우샤?'

눈이 희미해서 얼굴까지 제대로 보이진 않았지만 형상과 그 강렬한 색으로 봐서는 카샤의 모친인 아시엔의 산신령, 파우샤가 분명했다.

그러나 아젤란도를 정작 놀라게 만든 것은 그녀의 옆에 서 있는 또 다른 여성이었다. 황금의 수가 화려하게 박힌 백은색의 로브로 몸을 감춘 그녀는 파우샤와 달리 젓가락처럼 보잘것없는 몸매의 소유자였다.

그녀는 로브의 깊은 그늘에 가려 보이지 않는 눈으로 아젤란도를 주시하고 있었다.

'위치 메이커라고? 이런 말도 안 되는 일이!'

미하엘이 대마법사에게 속삭였다.

"터미널키퍼……. 당신들은 산신령이라고 부르지요? 저도 아는 분입니다. 하지만 아무리 터미널키퍼라고 해도 저에게 대항할 수는 없습니다. 그리고 저분은 저에게

관심도 없는 것 같습니다만?'

아젤란도가 움찔했다.

'위치 메이커가…… 안 보인단 말인가?'

마녀의 삶과 죽음, 그리고 능력까지 결정하는 존재.

위치 메이커에 대해 아젤란도가 알고 있는 정보는 그것뿐이었다. 세상에서 가장 오래 산 마녀조차도 그 이상은 모른다.

아젤란도가 위치 메이커를 처음 만난 것은 갓난아이 모습의 데보라를 자신의 거처로 데려왔을 때였다. 당시 위치 메이커는 앞으로 만들어질 혼돈을 지켜보겠다는 말만 남긴 뒤 사라졌다.

'지금 와서 왜 다시 나타났단 말인가?'

미하엘이 아젤란도를 옆으로 집어 던졌다. 축적해 놨던 마력의 대부분을 잃어버린 대마법사는 기력마저 잃었는지 수풀 속에서 꿈틀거리며 가쁜 숨을 몰아쉬었다.

미하엘은 아젤란도를 붙잡았던 손을 주머니에 넣었다. 그는 발 앞에서 꿈틀거리는 아젤란도를 하찮다는 듯이 내려다봤다.

"제가 직접 접촉을 시도하면 시간과 공간의 어긋남이 풀릴 것이라 예상하셨나 보군요. 하지만 당신의 그 예상은 빗나갔습니다. 시공간에 대한 해석은 당신보다 당신의 스승이 더 옳았던 것 같군요. 다시 공부하십시오."

그에게서 등을 돌리는 미하엘의 움직임이 갑자기 멎었다. 공기도, 구름도, 바람에 흔들리는 코트의 모피도, 수풀도 멈췄다.

위치 메이커가 아젤란도의 눈앞으로 자리를 옮겼다. 걸어온 것이 아니라 위치 자체가 바뀐 것이었다.

아젤란도는 공간의 위화감을 느꼈다.

'시간과 공간이 멈췄군. 그런데 나는 왜 생각할 수 있지?'

그는 손발을 움직이려 했지만 그의 몸은 의식의 명령을 거부했다.

'전체 시공이 멈춘 것이 아니라 내 의식이 다른 시공으로 옮겨진 것이군.'

위치 메이커가 그의 앞에 숙여 앉았다.

"데보라를 죽게 내버려 뒀더군."

어린 여성의 목소리였다. 질문에 대한 욕구가 아젤란도의 의식을 달궜다.

"정신감응을 사용하도록 해. 지금 당신의 입을 열었다가는 미하엘에게 들통나고 말아."

해결책을 얻은 아젤란도는 곧장 정신감응 마법을 이용했다.

'미하엘에게 들키지 않고 접근하다니, 어떻게 그런 일이 가능했소?'

"옛 길을 이용했지."

'옛 길?'

"미하엘은 옛 길을 아직 모르고 있어. 관심도 없을 거야. 그처럼 거대한 존재가 사용하기에는 너무 좁고 느린 길이거든. 하지만 발각되면 끝장이야. 미하엘은 길을 부수고 나를 제거할 거야. 난 그에게 맞서 싸울 수 없어."

'당신조차도?'

"어쩔 수 없어. 근본적으로 대적이 불가능하니까. 그보다 왜 데보라를 지켜주지 않았지?"

'난 자초지종을 모르오.'

"무책임하군."

위치 메이커가 벌떡 일어나더니 검은색의 부츠 끝으로 아젤란도의 얼굴을 밟았다. 아젤란도는 대단히 불쾌했다. 의식만 살아 있는 탓에 육체적 통증을 느끼지는 못했지만 굴욕감만큼은 어쩔 수 없었다.

"그것이 딸을 잃은 아버지가 할 말인가?"

'딸? 내 유전자를 가졌다고 다 딸인가? 우습지도 않은 얘기를 하는구려.'

"난 그대의 아이를 가지고 싶다는 조슈벨의 소원을 들어주었지. 비록 생물학적으로 태어난 아이는 아니지만 데보라는 그대와 조슈벨의 유전자 정보를 모두 가지고 있었어. 덕분에 데보라는 지금까지 태어난 그 어떤 마녀보다도 강력한 아이가 됐지. 그렇게 귀중한 아이를 무책임하게 방치하다니, 아버지로서 자격이 없군."

'몸에 똥을 묻힌 자가 겨를 묻힌 자를 욕하다니, 우습구려.'

"……이것으로 수백 년에 걸친 나와 그대의 실험은 끝났어. 마녀들은 앞으로도 계속 규칙에 따라 태어나고, 살아가고, 죽어가겠지."

'어찌 됐든 상관없소. 이곳에, 아니, 내 시간과 공간에 끼어든 이유가 무엇이오?'

"저 터미널키퍼가 미디엄의 명이라며 날 찾아왔지. 그대가 머무는 곳에서 재미있는 물건을 발견할 수 있을 것이라 하더군. 찾아보니 분명 엉터리이긴 하지만 큰 가능성을 가진 물건이 있었어. 그래서 내가 제대로 작동할 수 있도록 손을 봤지."

'그걸 고쳤다고?'

아젤란도가 불쾌함을 쏟아내자 위치 메이커는 아젤란도의 얼굴을 밟은 발을 좌우로 움직여 굴욕감을 높여주었다.

"원형은 당신의 스승이 알기에바의 저울을 분석하여 만들었지. 시공의 근본에 조심스럽게 접근한 스승과 달리 당신은 너무 모험적으로 파고들었더군. 만약 내가 그

물건을 수정하지 않았다면 이 행성의 자전이 멈춰 버렸
을 거야."

'그렇구려.'

완벽한 물건이라고 뿌듯했지만 그렇지 않았다. 예상치
못한 상황에서 한계를 느낀 아젤란도는 마음속으로 자신
을 힐책했다.

정지된 세계에 심한 노이즈가 꼈다. 세상 전체를 비추
고 있던 거울이 깨지는 듯한 모습이었다. 노이즈와 함께
사라지던 위치 메이커가 마지막으로 말했다.

"우리들의 실험으로 인해 뒤엉킨 흐름도 바로잡힐 거
야. 그대도 협력하길 바라네."

밝은 빛이 아젤란도의 시야를 잠시 방해했다. 눈을 뜬
아젤란도는 묵묵히 주변을 살폈다. 구름이 움직이고 바
람에 모든 것이 흔들렸다. 손과 발도 그의 의지대로 움직
여 주었다.

엎드린 상태였던 그는 땅을 짚고 상체를 일으켰다.

'위치 메이커는 사라졌나?'

주저앉은 그는 고개를 저었다.

'어딘가에 숨어서 지켜보고 있겠지. 원래 그런 존재니
까. 그보다 저 터미널키퍼, 아니, 산신령은 여기에 왜 나
타난 건가?'

파우샤는 카샤와 니콜라의 싸움을 엄중한 눈빛으로 지

켜보고 있었다.

불꽃에 휘감긴 카샤의 발차기가 냉기를 두른 니콜라의 발차기와 충돌했다. 둘은 그 상태로 한참 동안 힘을 겨뤘다. 가열과 냉각의 첨예한 대립은 결국 니콜라 쪽이 밀리는 것으로 결정지어졌다.

니콜라의 다리가 뒤로 밀리자 카샤는 즉시 자세를 바꿔 주먹을 내질렀다. 육각형의 얼음장벽이 카샤의 공격을 막아냈다.

장벽에 닿아 터지는 카샤의 힘을 역이용해 거리를 벌린 니콜라는 힘든 숨을 연거푸 내쉬며 가슴을 부여잡았다.

'니콜라의 심장이⋯⋯ 말을 들어주지 않아. 니콜라, 점점 힘들어지고 있어. 모두 같이 죽으면 안 되잖아. 그렇지, 심장아? 주인님은 또 혼자가 되고 말 거야. 그러니 제발 말을 들어줘! 이번만큼은!'

니콜라는 뭔가를 잡는 듯한 자세를 취하며 손과 손 사이에 냉기를 집중했다.

밀집된 냉기가 대검의 형태를 이루었다. 그녀가 자신의 힘을 이용해 대검을 만들어내는 것은 흔한 일이었지만 이번에 만든 것은 길이뿐만 아니라 형태도 완전히 달랐다.

예전 것들이 칼날 모양의 얼음판이었던 것과 달리 이

번에 만들어낸 것은 검 모양의 커다란 얼음 속에 크고 작은 얼음조각들이 화석처럼 박혀 있는 형태였다. 대검 안에 박힌 얼음 조각들이 반사하는 빛은 그 불규칙한 표면만큼이나 휘황찬란했다.

니콜라가 완성된 검을 들어 올렸다.

"동결검!"

니콜라가 카샤에게 돌진했다. 카샤는 화염의 보호막으로 대검의 공격을 막아냈다. 하나 막아낸 것은 칼날뿐, 칼날이 몰고 온 냉기 충격은 막아내지 못했다.

몸 전체에 큰 충격을 입은 카샤는 가장 고통이 심한 부분인 가슴에 손을 대고 기침을 했다.

'뭐냐, 저 무기는? 본좌의 작염검과 비슷한 무기인가?'

검을 들고 착지한 니콜라가 무릎을 꿇었다. 뽀얗던 피부색이 얼어 죽은 시체의 그것처럼 파랗게 변질되고 있었다.

"한 번만, 한 번만 더!"

다시 뛰어오른 니콜라는 전력을 다해 검을 옆으로 휘둘렀다. 두 팔을 교차해 공격을 막은 카샤는 이번에도 충격을 이겨내지 못했다.

카샤와 함께 그녀가 밟고 있던 지면이 냉동된 채 가루로 변했다.

"으악!"

비명을 지르며 하늘로 날아가는 카샤를 누군가가 가볍게 받아냈다. 친숙하고도 그리운 냄새가 카샤의 콧속에 밀려들어 왔다.

'설마……?'

다른 것은 몰라도 냄새에 대한 기억만큼은 잊지 않는 카샤였다. 카샤는 자신을 받아 안은 모친, 파우샤를 보고 깜짝 놀랐다.

"어, 엄마? 엄마가 왜 여기 있는 거야?"

파우샤가 딸을 보며 웃었다.

"모든 것은 미디엄의 뜻대로."

"뭐야, 그게?"

"예견된 싸움이었다, 이런 말이란다."

지상에 내려온 파우샤는 니콜라를 지그시 봤다. 헬쑥한 얼굴의 니콜라는 땅에 내려놓다시피 한 동결검을 다시 들어 올렸다.

"터미널키퍼라고? 흥, 미디엄의 졸개 따위가 감히 천요에게 대항할 생각이냐!"

파우샤가 고개를 저었다.

"아니, 난 널 구하기 위해 왔단다."

산신령은 허리에 감고 있던 호랑이 꼬리를 풀어 동결검을 가리켰다.

"동결검을 불러낸 것으로 봐서 아직 천요로서의 순수

성까지 잃진 않은 것 같구나. 하지만 거기까지가 네 한계란다. 넌 그 몸으로 더 이상 버틸 수가 없어."

"시끄러워!"

니콜라의 몸과 동결검에서 하얀 냉기가 피어올랐다. 사파이어색 눈동자에서 뿜어지는 빛도 다시금 강렬해졌다. 반면 그녀의 피부는 생기를 잃고 주름까지 잡혔다.

"이 몸이, 심장이 터지는 한이 있더라도 니콜라는 주인님을 지킬 거야! 주인님이 외로워하시는 모습은 더 이상 볼 수 없단 말이야!"

그녀의 의지를 확인한 파우샤는 어쩔 수 없다는 듯 고개를 저은 후 허리에 찬 작은 주머니에 손을 넣었다.

'이렇게 된 이상 작염검으로……!'

그때였다.

"닥쳐!"

그 자리에 있던 모두의 시선이 한곳으로 쏠렸다. 키르히가 네벨과 함께 이쪽으로 다가오고 있었다.

"키, 키르히!"

니콜라의 주름진 얼굴에 미소가 떠올랐다.

"살아 있었구나, 키르히! 니콜라, 너무 기뻐! 아, 이럴 때 어떻게 말해야 하는지 모르겠어!"

키르히는 자신을 보며 기뻐하는 니콜라를 가라앉은 눈빛으로 살펴봤다. 그녀는 더 이상 귀여움과 살기를 함께 뽐내던 아름다운 천요가 아니라 젊은 사람의 옷을 억지로 입은 할머니에 불과했다.

키르히가 어렵게 입술을 열었다.

"모르겠으면 네 주인에게 물어봐."

"어?"

"주머니에 손 넣고 가만히 구경만 해주는 네 주인한테 가서 물어보란 말이야!"

그의 일갈에 니콜라는 이해를 못하겠다는 듯 고개를 갸웃거렸다.

"왜 그래? 진정해, 키르히. 니콜라, 키르히의 그런 따뜻한 눈빛은 싫어. 니콜라는 죽을 각오로 날 대해주는 키르히가 좋단 말이야!"

도펠 슈트롬을 쥔 키르히의 주먹이 부르르 떨렸다.

"뭐, 멋대로 생각해. 하지만 힘이 다 빠진 인형이랑 재미보고 싶진 않아."

"무슨 말이야? 이해 못하겠어. 니콜라, 동결검을 불러냈단 말이야. 평소엔 못하던 일이었어. 불러내려고 하면 심장이 터질 듯이 아팠거든. 하지만 꾹 참고 불러냈어. 그리고 성공했다고! 이제 그 이상의 일도 할 수 있단 말이야!"

이글거리던 니콜라의 냉기가 폭발적으로 증가했다.

말없이 그녀를 바라보던 미하엘이 고개를 저은 후 그

녀에게 다가갔다.

"그만 하렴, 니콜라. 더 이상 힘을 내면 네 심장이 버틸 수 없단다."

"주인님! 니콜라는, 니콜라는……!"

"괜찮아."

미하엘은 비틀거리는 니콜라를 등 뒤에서 안아주었다. 맹렬히 배출되던 냉기가 차츰 사그라졌다. 거칠던 니콜라의 호흡도 서서히 진정됐다.

미하엘은 니콜라의 어깨에 턱을 댄 뒤 자신의 볼을 상대의 볼에 댔다.

"더 이상 너에게 무리를 시킬 수는 없구나."

"아, 주인님……."

니콜라의 주름진 눈가 위로 눈물이 감돌았다.

그녀의 몸이 꿈틀했다. 확 벌어진 니콜라의 눈이 아래로 향했다. 그녀의 가슴을 꿰뚫고 나온 미하엘의 손엔 연녹색의 빛을 발하는 물건이 들려 있었다.

미하엘은 거친 숨을 내뱉는 니콜라를 팔에 낀 채 자신이 뽑아낸 물건을 관찰했다.

"아, 이렇게 무리하다니, 가엾게도……."

팔을 내려 니콜라를 털어낸 미하엘은 니콜라의 몸에서 뽑아낸 물건을 두 손으로 감쌌다.

"안심해라. 더 이상 널 힘들게 하지 않을 테니까."

옆에 쓰러진 니콜라로부터 냉기가 흘러나왔다. 다시 작은 아이의 모습으로 돌아온 니콜라는 자신에게서 벗어나는 미하엘을 눈으로 뒤쫓았다.

"주인님을…… 외롭게 놔두면……."

"오, 니콜라. 마음 쓰지 말거라."

미하엘은 쓰러진 니콜라를 보며 밝게 웃었다.

"외로움엔 익숙하거든."

그는 소매에 묻은 니콜라의 잔재를 털었다. 눈물이 고인 니콜라의 얼굴 위로 얼음 조각들이 떨어졌다.

모든 일을 지켜본 카샤는 이를 악물었다.

"어떻게 저런……!"

그녀가 충격과 분노에 몸서리를 치는 한편, 네벨은 미하엘이 손에 쥔 물건의 이름을 나직이 중얼거렸다.

"안개의 씨앗……? 어째서?"

크기가 좀 작긴 했지만 작년에 자신들이 안개의 탑에서 파괴한 그 물건과 똑같았다. 느껴지는 힘조차 동일했다.

'교주와 함께 사라진 줄 알았는데?'

혼란에 빠진 소녀의 앞을 키르히가 성큼성큼 지나갔다.

"너, 이게 무슨 짓이야!"

미하엘은 들은 척도 하지 않고 공간왜곡의 문 쪽으로

걸어갔다. 분노를 억누르지 못한 키르히의 옷에서 세찬 폭염이 뿜어졌다.

"무슨 짓이냐고 물었잖아!"

땅을 박차고 튀어나간 키르히는 미하엘의 어깻죽지를 향해 칼을 휘둘렀다. 그러나 맞지 않았다. 키르히는 크라프트 블라트까지 전개하여 적을 공격했으나 미하엘은 칼에 베이는 바람처럼 자신의 길을 계속 걸어갔다.

미하엘이 여유로운 얼굴로 물었다.

"왜 그리 화를 내십니까? 니콜라는 당신을 죽이려고 한 아이입니다. 당신의 적이지요."

"내 적이면 내가 죽여야지, 왜 네가 손을 대? 게다가 네 유일한 부하였잖아!"

"흠, 니콜라에게 관심이 있었나 보군요."

미하엘은 걸음을 멈추고 한숨을 쉬었다.

"그 아이는 죽지 않았습니다. 기능이 정지된 것일 뿐이지요. 저길 보십시오."

키르히는 니콜라 쪽을 봤다. 나무에서 버섯이 피어나듯 니콜라의 몸 곳곳에서 굵은 얼음덩어리들이 자라나고 있었다. 급속도로 자라난 얼음들은 결국 하나로 합쳐져 커다란 덩어리가 됐다. 몸이 뚫린 채 눈을 감은 니콜라는 호박 속에 들어 있는 곤충처럼 꼼짝도 하지 않았다.

"동력원을 잃은 천요는 속성의 가호를 받아 긴 잠에 빠

271

진답니다. 지금은 저 아이가 편히 잘 수 있도록 조용히 배려해 주십시오."

"닥쳐! 내다 버린 주제에 잘난 듯이 떠벌리지 말라고!"

"음, 아직도 오해하고 있군요. 제가 저 아이를 막지 않았다면 이 귀중한 안개의 씨앗이 부서지고 말았을 겁니다. 이 신비의 물질은 제가 만들 수도, 복제할 수도 없는 물건입니다. 더구나 잠재 능력이 어마어마해서 수많은 일을 가능케 하지요. 예를 들어……."

"왜 하필 니콜라였나!"

소리쳐서 말을 끊은 사람은 파우샤였다. 그녀는 분노한 얼굴로 미하엘에게 다가갔다.

"복수심이었나? 그렇게 그 아이를 괴롭히고 싶었나?"

미하엘이 어깨를 으쓱 올렸다.

"과거를 더듬어보니 화가 나긴 하는군요. 당시 니콜라가 절 붙들고 자폭하지만 않았다면 저는 목적을 달성할 수 있었을 겁니다. 생각해 보면 니콜라는 참으로 불운한 아이입니다. 자폭에도 불구하고 저는 세상의 밑바닥으로 떨어졌을 뿐, 죽지 않았습니다. 물론 저와 함께 떨어진 니콜라 역시 기능만 정지했을 뿐, 죽진 않았지요. 전 부서진 제 몸을 수복하면서 니콜라의 몸을 조사했습니다. 머리부터 발끝까지…… 구석구석이라는 저급한 표현을 써도 무방하겠군요."

미하엘이 눈웃음을 지었다.

"기분이 묘합니다. 당신과 미디엄이 마음 편히 그녀의 숭고함을 노래할 때 정작 니콜라 본인은 저와 단둘이, 아무것도 볼 수 없는 어둠 속에서 시간을 보냈으니 말입니다. 덕분에 저는 제가 모르고 있던 사실을 많이 알게 됐습니다. 특히 안개의 씨앗에 관한 정보는 감동적이기까지 하더군요."

"이런 나쁜!"

파우샤의 목에서 날카로운 목소리가 터졌다. 마치 커다란 맹수가 울부짖는 것처럼 위압감이 넘쳤지만 미하엘은 눈썹 하나 까딱하지 않았다.

"나쁘다? 그럼 당신이 가져온 그 물건에 대해 말해봅시다."

미하엘이 파우샤의 허리가방 쪽을 봤다. 파우샤는 그 가방을 숨기듯 손으로 덮었다.

"그 물건을 들고 이곳에, 그것도 이 시간에 나타난 당신과 안개의 씨앗을 들고 있는 저의 차이를 말해보십시오. 아니, 제가 말해도 되겠습니까? 전 이용을 마쳤고 이제 당신이 그 아이를 이용하겠지요."

미하엘은 조롱하듯 고개를 흔들었다.

"뭐, 상관없습니다. 이용 가치를 잃은 인형은 잠들었고 제 보물은 무사합니다. 손해 보는 장사는 아니었군요."

그는 손에 든 안개의 씨앗을 얄궂게 흔들어 보였다.

그때, 저 멀리서 큰 폭음이 수차례 터졌다. 소리가 난 방향으로 고개를 돌린 미하엘의 눈가에 가녀린 주름이 잡혔다.

인간, 아니, 그 어떤 동물보다도 강력한 그의 눈에 들어온 것은 흰 연기를 무럭무럭 뿜어내는 20여 대의 대포와 새로운 포탄을 준비하느라 분주한 수십 명의 브리스톤 포병대였다.

미하엘은 지금 이 상황에서 포병부대가 왜 나타났는지, 또 무엇을 향해 쏘는지 생각해 봤다. 그러다가 생각을 멈추고 포탄들을 막으려 했지만 포탄은 이미 공간왜곡의 문을 사정없이 두드리고 있었다.

집중된 포탄의 위력에 공간왜곡의 문이 심하게 흔들렸다. 그러나 잠깐의 일일 뿐, 문의 형태는 차츰 복구되었다.

적어도 두 차례 이상의 포격은 견딜 것이다. 미하엘의 그 계산은 정확했다.

"지금 와서 뭘 어쩌겠다고……."

그의 여유는 공간왜곡의 문 아래쪽을 보는 순간 사라졌다.

"뭘 꾸물대고 있는 겁니까!"

고어가 사라지자마자 아셀을 데리고 문 저편으로 갔어

야 할 역전체들이 무슨 일인지 꿈짝도 못하고 있었다.

아셀은 역전체들의 수중에서 벗어나 있었다. 극심했던 시더들의 공격에도 아셀을 놓지 않았던 역전체 기마병은 목뼈가 부러진 채 꿈틀거렸고 역전체를 그 꼴로 만든 검은 옷의 여성, 프란츠는 아셀을 방패로 삼은 채 자신을 포위한 역전체들과 맞서고 있었다.

고어들이 사라진 지 5분이 조금 넘는 시점에서 벌어진 일이었다.

예상치 못한 인질극에 조금 당황한 노스라푸르는 고개를 갸웃거렸다.

"왕을 인질로 잡은 그 솜씨는 분명 칭찬할 만하지만 위치가 나쁘군. 외길 위에서, 그것도 우리가 쓰는 문을 뒤에 두고 인질극을 벌이다니, 무슨 생각이냐?"

노스라푸르의 말대로 프란츠는 문으로 통하는 오르막길 한가운데에 서 있었다. 자신보다 키가 작은 아셀의 뒤쪽에 어렵사리 몸을 숨긴 프란츠는 귀신처럼 새파란 눈빛을 내뿜는 노스라푸르를 정면으로 노려봤다.

"데려갈 수 있으면 데려가. 원한다면 목만 따로 떼어줄 수도 있어."

암살자의 단검이 왕의 갸름한 턱밑에 긴 상처를 만들었다.

칼날을 타고 흐르는 아셀의 피와 프란츠의 망설임없는

눈빛에 당황한 노스라푸르는 처음에 보여줬던 위엄을 잃고 허둥댔다. 아이바크와 알리 뮤리안, 그리고 캐러거가 틈을 노려보려고 했지만 프란츠의 날카로운 눈과 그녀가 잡은 절묘한 위치는 그들을 철저히 방해했다.

거기서 쐐기나 다름없는 일이 벌어졌다. 브리스톤 보병부대가 남은 힘을 전부 짜내며 돌격을 시도한 것이다.

50여 명에 불과한 역전체들이 200명에 가까운 보병대에 포위당하는 것은 그야말로 순식간이었다. 노스라푸르 등이 그들에게 돌아서려는 순간 포병부대의 포격이 공간 왜곡의 문을 또 한 번 때렸다. 그 충격으로 인해 문의 형태가 깨진 거울에 비춰진 것처럼 어긋났다.

만약 지금 문이 사라지면 자신들은 완전히 고립되고 만다. 노스라푸르를 비롯한 모든 역전체들의 생각이었다. 적병들을 어찌어찌 해치우고 이곳에서 탈출한다고 해도 바다와 대륙을 무사히 건너는 것은 사실상 불가능에 가까운 일이었다.

그 만약의 경우에 대비해 살아 있는 또 하나의 유적, 파이어 헨지를 퇴로로 삼으려 했지만 아쉽게도 파이어 헨지는 카샤의 돌발적인 행동으로 인해 일찌감치 부서지고 말았다.

현실이 무기로 돌변하여 모든 역전체들을 혼란에 빠뜨렸다.

나름대로 전략에 정통한 노스라푸르는 보병의 돌격과 포탄의 타격이 동시에 이뤄졌다는 사실을 믿을 수가 없었다.

　'포병들이 보병의 움직임을 보고 쐈을 리는 없다. 포성과 착탄의 시간 차를 봤을 때 망원경 같은 것으로 확인할 수 있는 거리에서 쏜 게 아니야!'

　실제로 브리스톤 포병대는 누군가가 정해준 시간에 맞춰 포탄을 장전하느라 바쁜 상황이었다.

　'그럼 포탄이 떨어지는 시간에 맞춰 보병이 움직였단 말인가? 그게 가능하려면 대포의 장전 시간, 문과 포병 사이의 거리, 그리고 포탄이 날아가는 시간까지 전부 계산할 수 있는 자가 존재해야 할 터인데……? 아니, 우연이겠지! 그건 불가능이다! 임기응변으로는 더더욱!'

　불리한 상황에 빠졌음을 느낀 노스라푸르는 후퇴를 생각하며 공간왜곡의 문을 봤다. 그 오르막길의 중심에선 아셀과 프란츠의 인질극이 계속되고 있었다.

　노스라푸르의 눈에 그들은 더 이상 인질이 아니라 함부로 치고 나갈 수 없는 장애물로 보였다.

　'퇴로를……? 설마 저 계집의 행동까지 계산했단 말인가?'

　노스라푸르의 어깨가 흔들렸다.

　'누구냐, 도대체? 이 불쾌한 상황을 만든 자가 누구냔

말이다!'

평생 느껴본 적이 없는 압박감이 노스라푸르를 짓눌렀다. 그가 생각을 멈추고 침묵하는 사이, 그를 보호하는 병사들은 하나둘씩 쓰러졌다. 그에 비례하여 아이바크 등의 지휘관 급에게 가해지는 견제는 더욱 심해졌다.

한편, 브리스톤 병사들에게 돌격 지시를 내린 장본인은 좀 떨어진 곳에서 묵묵히 회중시계를 지켜보고 있었다.

'시간 개념이 훌륭한 포병들이군.'

파렌은 회중시계의 멈춤 버튼을 눌렀다. 그의 머리 위쪽 상공을 세 번째 포탄들이 가로질러 갔다.

세 번째 포격은 치명적이었다. 공간왜곡의 문은 형태만 겨우 유지할 뿐, 깨지기 직전의 고대유물처럼 위태로웠다. 그런 위태로움은 역전체들의 사기를 완전히 꺾어놓았다.

냉랭하던 파렌의 표정이 갑자기 변했다.

"무슨 일이지?"

명중한 포탄의 수는 세 발이 채 안 됐다. 1차 포격에 11발, 2차 포격에 13발이 명중한 것을 봤을 때 실로 실망스러운 수치였다. 1차 포격 수준의 명중률만 나왔다면 공간왜곡의 문은 틀림없이 부서졌을 것이다.

파렌은 포탄이 지나온 하늘을 눈으로 되짚었다. 얼마

지나지 않아 설마했던 광경이 그의 눈에 들어왔다. 열다섯 개의 둥근 쇳덩어리들이 마치 보이지 않는 끈에 묶인 장식물처럼 공중에서 멈춰 있었다.

'미하엘!'

파렌은 거치대에서 슈트롬 팔켄을 분리한 뒤 노스라푸르가 있는 곳으로 뛰어갔다. 포격이 지속되지 못할 수도 있다는 것을 감안한 차선책이었다.

한편, 미하엘은 가까스로 막아낸 포탄들을 바라보다가 엄지의 첫 번째 관절로 이마 한가운데를 툭툭 치며 한탄했다.

"예, 그렇지요. 저놈들은 골이 비었습니다. 간과했던 사실이 여지없이 드러나고 있군요. 이용할 가치가 있을까요?"

중얼거리는 그의 목을 한줄기의 화염이 가로질렀다. 뒤이어 그의 머리를 크라프트 블라트의 파란 섬광이 훑고 지나갔다.

차기와 베기를 각각 시도한 카샤와 키르히가 미하엘의 좌우에 섰다. 그들의 공격을 깨끗이 무시한 미하엘은 표정을 없애더니 눈을 지그시 감았다.

"도전하겠다는 겁니까?"

키르히가 씩 웃었다.

"혼자 쏙 빠지게 놔둘 것 같아? 안됐지만 너한테 볼일 있는 사람이 줄을 섰다고."

카샤도 말을 잊지 않았다.

"너란 놈은 정말 악질이다! 남의 목숨을 물건처럼 생각하는 최악질이다! 본좌, 그런 너를 용서할 수 없다!"

"무례하군요."

키르히와 카샤의 시야가 순간 하얗게 변했다. 갑작스런 힘의 방출에 기압이 변하면서 발생한 수증기의 응결이었다. 앞을 가로막은 채 뒤로 밀려난 둘은 땅의 모든 수풀들이 뿌리째 뽑히면서 만들어진 황량한 공간을 보고 긴장했다.

널찍한 그 공간의 중심에는 불쾌한 표정의 미하엘이 서 있었다.

"240년 전에도 이와 비슷한 일이 있었습니다. 미디엄, 터미널키퍼, 마법사, 마녀, 그리고 천요. 모두가 미친 듯이 저를 방해했지요. 이번엔 인간이 추가됐군요. 과연 뭐가 다른지 한 번 지켜보겠습니다."

『섀델 크로이츠 2부』 4권에서 계속…